Als »eine Art geheimer und chiffrierter Autobiographie« erschienen Martin Beheim-Schwarzbach Carl Zuckmayers Gedichte. Er hatte als junger Mann Gedichte zu schreiben begonnen und diese Ausdrucksform sein Leben lang beibehalten. Einige lassen sich unter dem Stichwort Naturlyrik sammeln – seinem ersten Gedichtband 1926 gab er charakteristischerweise den Titel ›Der Baum‹ –, aber immer dringt kraftvoll das unmittelbare Erlebnis durch die Metaphern, bis sich schließlich die persönliche Erfahrung, nicht nur des Exils, durchsetzt. Der Titel dieses Bandes, ›Abschied und Wiederkehr‹, will dem gerecht werden. Die Gliederung entspricht im wesentlichen Zuckmayers eigenen Zusammenstellungen von 1926 und 1948; die von seiner Frau Alice Herdan-Zuckmayer 1977 ergänzte Ausgabe wurde revidiert und um einige Gedichte aus der Zeit des Ersten Weltkriegs erweitert.

Carl Zuckmayer wurde am 27. Dezember 1896 in Nackenheim am Rhein geboren. Nach dem Abitur in Mainz meldete er sich als Kriegsfreiwilliger und wurde an der Westfront eingesetzt. 1918 begann er ein kurzes Studium der Geistes- und Naturwissenschaften in Frankfurt a. M. und Heidelberg; wichtiger als alle Theorie waren ihm jedoch die in diesem Umfeld geschlossenen Freundschaften. 1920 ging er nach Berlin. Erste Stücke blieben ohne Erfolg, obwohl sie ihn »dichterisch legitimierten« – ›Der fröhliche Weinberg‹ brachte ihm 1925 den Durchbruch und den Kleist-Preis. 1933 verhängten die Nationalsozialisten ein Aufführungsverbot über ihn. Er zog sich daraufhin mit seiner Familie nach Henndorf bei Salzburg zurück; dort besaß er seit 1926 ein Haus. 1938 floh er in die Schweiz, ein Jahr später emigrierte er in die USA, wo er bis 1946 als Farmer in den ›Grünen Bergen‹ (Vermont) lebte. Von 1947 bis 1957 hielt er sich abwechselnd in der Schweiz und in den USA auf; 1958 kehrte er endgültig in die Schweiz zurück und wurde in Saas-Fee (Wallis) ansässig, seit 1966 als Schweizer Bürger. Am 18. Januar 1977 ist er als einer der über Jahrzehnte erfolgreichsten deutschsprachigen Autoren in Visp (Wallis) gestorben.

Carl Zuckmayer
Gesammelte Werke in Einzelbänden

Herausgegeben von Knut Beck
und Maria Guttenbrunner-Zuckmayer

Carl Zuckmayer
Abschied und Wiederkehr

Gedichte 1917–1976

Fischer
Taschenbuch
Verlag

Veröffentlicht im Fischer Taschenbuch Verlag GmbH,
Frankfurt am Main, Oktober 1997

Lizenzausgabe mit freundlicher Genehmigung
des S. Fischer Verlags GmbH, Frankfurt am Main

Gesamtherstellung: Clausen & Bosse, Leck
Printed in Germany 1997
ISBN 3-596-12714-9

Gedruckt auf chlor- und säurefreiem Papier

Gedichte
1917–1976

Inhalt

Der Baum

Blätter

Gelinde Mahnung

Krieg und Nachkrieg

Abschied und Wiederkehr

Brandung der Nacht

Der Baum

Der Baum

Ein Baum wuchs auf aus einem Bruch im Sumpf,
Wo es nach Pilz und bittrem Laube roch.
Erst brach ein Trieb aus längst verfaultem Stumpf,
Auf dem die Flechte wie ein grauer Aussatz kroch,

Dann schoß ein wildes Heer von Trieben hoch,
Und war ein Kampf nach Licht und eine Schlacht um Erde.
Wer starb, verfaulte bald, daß seine Leiche noch
Zu Trank und Speise für die andren werde.

Im Boden ward ein dunkles Wurzelregen,
Viel harte Fasern kämpften Schritt für Schritt,
Und Sonne, Wind und Regen kämpften mit,
Und Tag und Nacht ein Sieg, und Mond und Jahr ein Segen.

Saft stieg empor und Feuchte rann hernieder,
Die Stürme ritten auf dem jungen Baum
Und rasten weh um seine kühlen Glieder,
Und laue Luft war geil um seiner Knospen Flaum.

Insekten lebten viel in seinem Innern
Und viel in seiner Krone breiter Trift,
Unter der Rinde kroch wie schweres Sicherinnern
Des Borkenkäfers rätselvolle Schrift.

Und Moos und Mistel blieben ihm verschwistert,
Als um ihn her der letzte Schößling starb.
Was ihm zu Füßen um den Himmel warb,
War längst von seiner Himmelsgier verdüstert.

Wie Mond und Sterne ihn gesegnet haben,
Wie Schnee ihn barg und Frost zerbrach ihn nicht –
Oft war sein Stamm in dickste Nacht vergraben,
Doch seine Krone schwamm in grünem Licht.

O Herbst in Wäldern, seligen Feuers Brunst!
O Todesschrei der Bäume, die im Sturm versinken!
O später Tag im warmen Sterbedunst
Und wilde Nacht und kalter Frühe Blinken!

Als ein Oktober ihn begrub,
Lag er sehr groß im aufgewühlten Sumpf.
Doch als der Tauwind wehte, hub
Er schon zu faulen an und der zermorschte Stumpf

In mildem, phosphornem Verwesungsscheine
Bei Nacht zu leuchten, und der Äste Knauf
Zerfiel wie Mehl von menschlichem Gebeine,
Und junge Bäume wuchsen aus ihm auf.

Kriechtiere und Lurche

Die auf dem Bauche kriechen, sind mir freund:
Den breiten Leib mit winzigen Gliedern schleppen,
Durch Sümpfe züngeln und auf Felsentreppen
Nackt in der Sonne brüten, erdgebräunt.

Die Ringelnattern haben mich bekrochen,
Vom Unken meines Herzens angelockt,
Und Krötenaugen ganz von Gold durchbrockt
In Kerkernächten stumm mit mir gesprochen.

Weißt du, daß manche Kröten nachts wie Weiber singen?
Kennst du den bleichen Axolotl, der in Höhlen lebt?
Sahst du den Kamm des Molches, der vor Liebe bebt,
Und wie die Frösche sich in Brunst und Not bespringen?

Ein grüner Pfeil aus Kupfer, schnellt der Echsen Leib
Durch braune Brombeerstauden, die vor Hitze knistern –
Ich will dem Sumpf und Staube mich verschwistern –
Ein kühler Leib in Erde unter vielem Leib –

Ein Laich in Tümpeln, draus die Quappen schlüpfen,
Ein Larventier mit Kiemenbündeln zart –:
Ich weiß die Sterne, wo ihr große Götter wart
Und wo die Seelen eurer aufgefreßnen Väter hüpfen –

Wo Schlangen lautlos wie Geflecht vom Astwerk hingen,
Durch ihre Zungen geht ein dunkler Riß,
Selbst wenn sie ihre Opfer lebend schlingen,
Ist nur der Schmerz von einem Liebesbiß.

Einst stand ein Kind am Brunnen stumm gebückt,
Die Nacht mag seiner Glieder Schmäle saugen.
Das Tier am Boden, qualvoll totgedrückt,
Schwimmt selig durch den Tau aus seinen Augen.

Märzgesänge

I

Windruten wehn: die Weiden!
Herr, gib uns beiden
Ein Herz voll Mut und Fröhlichkeit,
Da wir jetzt scheiden.
Windruten wehn: die Weiden.
Es knospet stumm die weite Zeit.

Karwolken ziehn: die Leiden.
Christen und Heiden
Erschien der Stern zu großer Freud
Und bittrem Scheiden.
Karwolken ziehn: die Leiden.
Es braust der Wind voll Trostgeläut.

II

Die Wälder noch kahl,
Die Pfade so schmal,
Vom Regen zerfressen:
Herr, schenk uns Vergessen.

Altlaub unterm Schuh –
Bald blühen die Moose:
Herr, schenk uns die Ruh'
Im Erdenschoße.

Die Wiese ersäuft.
Die Nachtfeuchte träuft.
Licht kräuselt die Lachen:
Herr, schenk uns Erwachen!

III

Wildwässer von den Bergen fliehn:
Wir wandern, wir ziehn!
Striemt unsre Stirn der Regen,
Fällt uns der Nebel schwarz ins Genick –
Der Erde Segen
Auf allen Wegen
Sei unser Geschick.

Die Hügel der Heimat schwanken heran,
Der Abend begießt sie mit rötlichem Wein.
Hast du dein Herz in jeden Wind vertan,
Stets wird es neu geboren sein.

Die Kiefern am Bergrand, wie Büßer gebückt,
Das Tal in die Brandung der Kirschblüt' verzückt,
Hell jubelt ein Vogel im Holz –
Und der Strom ins Geleuchte der Fernen entrückt,
Jeder Grashalm mit Feuchte und Sternen beglückt,
Und die Augen mit himmlischem Stolz!

Tag über Tag, Stund' über Stund'
Wölbt sich die Erde ins ewige Rund.
Schweift unsre Liebe verirrt,
Bleibt doch der Glaube, kampfmächtig gestrafft,
Und der Hoffnung sturmsingende Wanderkraft
Vor die Pflüge des Frühlings geschirrt.

Cognac im Frühling

Ich bin im braunen Cognac-See ertrunken.
Sechs Monde schwimmt mein Leichnam wie ein Fisch,
Mit weißem Bauch noch unverwest und frisch,
Ein Freund der bittren Angostura-Unken.

Ich ward geländet, bin ins Grab gesunken,
Im Wurzelreich ein trunkner Frühlingsgast,
Mein Hügel grünt im Schatten der Spelunken,
Aus meinem Herzen wächst der Seidelbast.

Du roter Strom Burgunds, aus allen Poren
Sproßt mir der wilde Rebstock ohne Rast,
Das Senfkorn keimt versteckt in meinen Ohren,
Aus meinem Herzen wächst der Seidelbast.

Der Augen Blau ist längst zu Anemonen,
Der Haare Schwarz zu Büffelgras verblaßt,
In meinem Magen mag der Maulwurf wohnen,
Aus meinem Herzen wächst der Seidelbast.

Tief aus der Erde schallt betrunknes Lallen
Der Würmer, die an meinem Leib gepraßt,
All meine Knochen sind zu Staub zerfallen,
Aus meinem Herzen wächst der Seidelbast.

Das Essen

Ein Mensch beim Essen ist ein gut Gesicht,
Wenn er nichts denkt und nur die Kiefer mahlen,
Die Zähne malmen und die Blicke strahlen
Von einem sonderbaren Urweltlicht.

Vorspeisen sind wie Segel über Buchten,
Schlank und zum Hafen schnellend in erregter Fahrt,
Indes die schweren Fleischgerichte wuchten
Gewaltig über Wiesen von Gemüsen zart.

Welch ein entzücktes Spiel: zu hohen Festen
Erlesner Bissen Liebreiz zu erflehn,
Und welche Lust: sich mächtig vollzumästen,
Satt und mit Saft gefüllt vom Hals bis zu den Zeh'n.

Fischfleisch ist weiß und heilig oder rosen,
Und manchmal rauchgebeizt und lauchgewürzt.
Auch kleine Fische gibt's in blanken Dosen,
Die man wie Schnäpse jach hinunterstürzt.

Wildbret: Du Perle Cumberlands, von edler Fäule,
Und nackter Horden rohgebratner Fraß!
Wohl dem, der Schneehuhn oder Rentierkeule
(Gespickt, mit Sahne) hoch im Norden aß.

Beefsteak tatare ist fast so stark an Gnade
Wie ein am Grill gebratnes Lendenstück,
Und viele Götter leben im Salate,
Saftrot und samenkerngeschwellt das Weib Tomate,
Und grünes Kraut im Frühling ist ein kühles Glück.

Wenn du Kartoffeln oder Spargel ißt,
Schmeckst du den Sand der Felder und den Wurzelsegen,
Des Himmels Hitze und den großen Regen,
Die kühlen Wässer und den warmen Mist.

Laßt mich hier schweigen vom Besoffensein,
Vom tiefsten, tödlichsten Hinübergleiten,
Vom hellsten, wachsten Indiewindereiten,
Die Welt ist groß und unser Wort ist klein.

Laßt mich hier schweigen von dem Blutgericht
Geheimster Liebe in verrauschten Zeiten –
Laßt mich nur essen, dankbar und bescheiden –
Ein Mensch beim Essen ist ein gut Gesicht.

Weinblume

Viel reicher als der Rosen Elixier,
Viel voller als die Wolke aus Importen,
Viel heiliger als Weihrauch duftet mir
Die Blume Wein von edlen Heimatsorten.

Bordeaux ist Labgeruch aus warmen Abends Talen.
Die Bowle spritzt und witzt ein leichter Moselwein,
O Haut-Sauternes, du perlst aus Duftopalen,
Südliche Berge im Falerner strahlen,
Doch reinste Blume reifet Pfalz und Rhein.

Da ist die Sonne flüssiges Gold geworden,
Da treibt der Boden herbster Wurzel Saft,
Da ist der Strom vom Süden und vom Norden
Stürmisch vereint zu großer Lebenskraft.

Rheinhessen: tönende Hügel, fröhliches Nackenheim!
Hochheim: Gesang der heilig »Weißen Erde«!
Rheingau: der schweren Düfte Wunderkeim!
Pfalz: starken Sommers Reichtum, läutende Himmelsherde.

Wer eine Nacht in solchen Wogen schwamm,
Der weiß sich reifer und begreifet gut,
Wie froh und gern das holde Gotteslamm
In Wein verwandelt seiner Liebe Blut.

Ja, der Erlöser ist uns oft erschienen
Und hat in schäumenden Mostes Knospe offenbart,
Daß er den Jüngern, die ihm gläubig dienen,
Viel Gnaden tief im Keller aufbewahrt.

Ihm sind noch tausend Jahre wie ein Tag,
Und eines Schlucks Sekunde gleicht Äonen.
Im Perkel einer edlen Traube wohnen
Geschlechter, die kein Grab mehr kennen mag.

Da duftet Abendrot und Morgengrauen,
Da duftet Wiesenheu und Gartenblust,
Da duftet Haut und Haar geliebter Frauen,
Da duftet Jugend, Herbst und reife, zeitige Lust.

Prozessionale

Durch das Dorf und durch die Felder geht die große
Prozession.
Wie der Wind in Wettertraufen greint der Litaneienton.
Wie ein Regen nach der Dürre über matte Saaten sprüht,
Schmaler Trank, den schärfre Sonne bald verdunstet und
verglüht,
Wie ein Fließen der Gestirne, das ein Kind mit offnem
Mund
Nachts durchs Fenster sieht, und hat's verloren in
derselben Stund',
Wie der Himmel hinter Bergen abends flammt und rasch
verblaßt,
Ging aus Rauch und Weihgesang ein Knospen auf
und blühte fast.

Herrgott, segne unsre Ernte, und ob Regen oder
Sonnenschein, es gilt uns gleich,
Herrgott, wo wir gehn und stehn, ist überall Dein Acker
und Dein Erdenreich.
Herrgott, segne unser Vieh im Stall und auf der Weide,
wo es frißt und säuft.
Herrgott, hüte Dich vor unsrer Wut, wenn sich in diesem
Sommer vieles Vieh verläuft.
Herrgott, segne unser Bett und unsrer Weiber Betten,
mach sie gut und weich.
Herrgott, unser Tun ist recht, und ob Du uns erhörest
oder nicht, es gilt uns gleich.

Schwere Wetter gehn und kommen, viele Winde laufen
über Land,
Hagel schlagen auf die Felder, Stall und Scheune stehen
rasch in Brand.

Mancher starke Mann bekommt mit einem starken Weib
ein Krüppelkind.
Alte Leute sterben schwer und schleppen sich auf
Krücken, taub und blind.
Aber immer wieder wachsen aus gemähtem Gras die Gräser
nach.
Drum, wer lebt und Leben liebt, der liegt in Hitze oder
Kälte niemals brach.

Rinderlegende

Die Rinder sind vom Schöpfer ausersehen
Zu Trägern der Versöhnung durch die Welt.
Sie geben Milch und lassen gern geschehen,
Daß man sie nimmt und ganz für sich behält.

Ihr Blick ist braun und tief wie große Teiche
Im Sumpf, durch den sie stampfen voller Müh',
Nicht viele Tiere sind dem Himmelreiche
So nah wie Ochsen, Kälber oder Küh'.

Und als das Kind geboren ward im Stalle,
War Ochs und Kuh dabei, damit es warm
Für Kind und Mutter sei, und wiegten alle
Die Häupter, wie sie's wiegte auf dem Arm.

Und wenn die Kreatur von Wasser, Luft und Erde
Sich einst dem Paradiese naht am Jüngsten Tag,
Geht in der Mitte ruhig die Rinderherde,
Wie sie's zu aller Zeit auf Erden pflag.

So geht das Zebu auf dem gelben Acker,
Und unterm Acker geht die Wurzelmaus,
Und auf dem Zebu geht der Madenhacker,
Und auf dem Madenhacker geht die Laus.

Über die Pferde

Das Paradies auf dieser Erde
Liegt auf dem Rücken der Pferde,
In der Gesundheit des Leibes
Und am Busen des Weibes.
Alter Reiterspruch

Über die Pferde hat der Herr die himmlische
Satteldecke gebreitet,
Die in schönem sattem Blau von ihren Flanken strahlt,
Wenn sie abends im Sommer, die Brust von Heuduft geweitet,
Schnaubend zur Tränke gehn und der Flug ihrer Mähnen
im Winde prahlt.

Über die Pferde hat der Herr die Reiter gesetzt,
Daß sie die Pferde lenken und daß sie den Pferden dienen.
Wer aber sein Pferd ohne Not sporniert, ins Maul reißt,
peitscht, schindet und blutig hetzt,
Der wird im Jenseits von Pferden zerstampft und
verreckt tausendmal unter ihnen.

Früher trugen die Pferde Männer zum Kampf und waren
Helfer und Retter vorm Feind, vorm Steppenbrand,
vor Gefahren.
Unterm Kalifen Ali ward es Gesetz, mit den Pferden
abends die Sure zu beten.
Schmal und blutig war der Mond im Aufgang, wie der
krumme Säbel des Propheten.

Und die Lieblingsstute des Propheten war an Schweif
und Mähne wunderbar
Mit drei Wirbeln geziert, deren jeder ein erblicher Adel war:
Ausdauer, Klugheit, Mut! Der Nüstern loderndes Rot,
Der Augen Feuer: Zeugnis von brennendem Herzensgebot.

Herr, laß uns mit unsrem Pferd verwachsen zu einem Leib,
Daß uns ein Wesen lebt, mit dem wir das gleiche wollen.
Denn wir bleiben im Wandel der Jahre allein, und nur
wenige haben ein Weib,
Dem sie mit Recht gleiche Liebe wie ihrem Pferde zollen.

Über die Pferde ist sehr viel Böses verhängt,
Viele krepierten im Krieg mit aufgedunsenen Bäuchen,
Und ihr Gewieher ward Rachegeschrei, das zum
Himmel drängt,
Und der Himmel hört ihr Geschrei und ihr tödliches Keuchen.

Über die toten Pferde reitet der große Wind,
Küßt ihren Rücken und flüstert in ihren Haaren:
Wenn Eure Reiter längst in der Erde zerfallen sind,
Werdet Ihr Pferde erstehn in brausenden Jubelscharen!

Die Wölfe

Mit wildem Geripp, mit harten mageren Flanken,
Das struppige Fell von Bissen und Rissen zernarbt –
Wenn die Strünke der Wälder im flaumigen Neuschnee
versanken,
Haben die Wölfe wie hilflose Kinder gedarbt
Die Pranken verkrallt, die Ruten gesträubt, die Nasen im
Wind,
Bis der Hunger zu läuten begann wie ferne Schlittenschellen,
Dann rannten sie Tage und Nächte von Schnee
und Erschöpfung blind,
Und jeder hörte den Tod aus den Mäulern der andern bellen.

Einer ritt auf drei Läufen, der vierte blieb im Eisen.
Einer hustete Blut, einem fehlte das Ohr.
Viele waren von Räude, Pelzzecken und Läusen
Furchtbar enthaart, daß das Fleisch auf dem Rückgrat gefror.

Fiel einer, stürzte das Rudel aufjohlend über ihn her,
Mit schnappenden Kiefern, und riß ihm, noch eh' er verreckte,
Die ledernen Muskeln und schlaffen Gedärme vom Leibe, der
Bald hautlos und gräßlich lag, bis der Schnee ihn bedeckte.

Mit den Nebelschwaden wie Treibschollen im gelben Fluß
Kamen die Kühnsten hinab und umstrichen des Nachts
die Farmen,
Manchen hetzten die Hunde zu Tod, manchen streckte ein
Schuß,
Denn das Leben der Wölfe und Menschen ist groß
und ohne Erbarmen.

Lob der Spatzen

Grau mit viel Braun und wenig weißen Federn,
Das Männchen auf der Brust mit schwarzem Fleck,
Sie leben unter Palmen, Fichten, Zedern,
Und auch in jedem Straßendreck.

In Ingolstadt und in der City Boston,
Am Hoek van Holland und am Goldnen Horn
Ist überall der Spatz auf seinem Posten
Und fürchtet nicht des Schöpfers Zorn.

Inmitten schwarzer Dschungeln von Fabriken
Und todgeladner Drähte Kreuz und Quer
Sieht man die Spatzen flattern, nisten, brüten, mausern,
    picken,
Als ob die Welt ein Schutzpark wär!

Es stört sie nicht der Lärm der Transmissionen
Und keineswegs das Tempo unsrer Zeit –
Sie leben (schnell und langsam) seit Äonen
Wo sie der Himmel hingeschneit.

Als Jesus über Gräser, Zweige, Blumen
Einritt, und alle Hosianna schrien,
Da pickt' ein Spatz gemächlich gelbe Krumen
Aus dem noch warmen Mist der weißen Eselin.

Herr gib uns Kraft und Mut wie Deinen Spatzen,
Mach unser Leben ihrem Rinnstein gleich.
Dann mag wer will von edleren Tauben schwatzen,
Denn unser ist Dein gutes Erdenreich.

Die Katzenschlacht

Die Wildnis dieser Welt wird nie vergehen.
Wüste Gebirge und Schluchten die Dächer und Höfe zur
Nacht,
Wenn die dünnen Sterne am rauchigen Himmel stehen,
Tobt über Giebel und First die gewaltige Katzenschlacht.

Gegen Abend werden ihre Augen blaß,
Ruhlos, wie Bettler fremd, umstreichen sie die Türen
Und Fenster, die zum wilden Paradiese führen,
Bald krank vor Liebe, bald gekrümmt von Haß.

Der Tiger wird in ihrem Blute wach,
Der Leopard im Biegen ihrer Glieder.
Geduckt wie Löwen dann von Dach zu Dach,
Wie Jaguare schlank am Baumstamm nieder.

Manchmal, im kalten Morgen, liegt ein Leichnam steif
Auf dunklem Stein, gefrorenes Blut vorm Munde,
Mit offnen Augen, mit zerzaustem Schweif,
Und in der Seite klafft die Schicksalswunde.

Die Elchlandreise

Durch Regen und molkige Nebel kamen wir nordwärts
geschwommen,
Es floß von den Eisenbahnfenstern wie farbloser Sand.
Von Alkohol, Kälte und Abenteuer benommen,
Fuhren wir ein in das große nördliche Land.

Dort hatten die Felder noch schmutzige Krusten von Schnee,
Und das schmelzende Eis durchzog die Gewässer mit Wolken.
Der Himmel ward abends wie schmieriger roter Gelee,
Bepickt von den schwarzen Schnäbeln hungriger Kolken.

Eine Stadt nahm uns auf aus schwärzlich rotem Gestein,
Wir trieben entlang an ölig trägen Kanälen
Und hockten im lüstern züngelnden Funzelschein
In einer Spelunke beim Schnaps wie finstere Kaffern in Krälen.

Und wir fühlten uns wohl, weil wir warme Füße hatten
Und trockene Hemden am Leib und Schwarzbrot mit
rauchiger Wurst,
Und wir schliefen die Nacht zu zweit mit wohligen satten
Gliedern im breiten Bett ohne Hunger und Durst.

Als wir morgens müde zum Bahnhof gingen,
Die Beine schwer von genossener Liebe und Wein,
Geschah in der Luft ein leise verworrenes Klingen,
Und das war nicht der Frost, und das war nicht der
Märzwind allein.

Wir gingen durch mehrere kahle, hallende Straßen
Und standen erstarrt unter plötzlichem Glockengebraus
(Denn das war die Zeit, wo wir Tag und Monat vergaßen).
Dieser Sonntag Palmarum fiel uns wie Schnee aus den
 Wolken heraus.

Wir durchzogen die fromme Woche auf Post- und
 Verpflegungswagen,
In Dörfern, die halb noch schliefen, machten wir Rast.
Wir verstanden die Sprache kaum und konnten nur
 »danke« sagen,
Und die großen, weglosen Wälder erwürgten uns fast.

Zwischen Triebsand und Wäldern lag aber ein Dorf vergraben,
Vorm Wandel der Jahre bewahrt und nur von den Winden
 berührt,
Die Fischer nahmen uns auf, und wir haben
Ostern mit ihnen geteilt und das pfingstliche Feuer geschürt.

Diese Männer haben gebetet, wenn die Stürme schnoben.
Dann gingen sie ruhig in die Kammer und legten sich hin.
Wir saßen am Feuer allein und ließen die Wetter toben
Und lauschten der Nacht und wie die Bäume schrien.

Und im Halbschlaf ward alles ein lallender dumpfer Radau,
Aus dem man emporschrak und nach seinen Augen faßte
Wie blind, und manchmal war in den Augen der Frau
Ein geheimes Licht, vor dem die Nacht verblaßte.

O Gott, wie die Wärme vom offenen Himmel troff,
Wie gelbes flüssiges Wachs, wie Honig, wie Harz von Agaven,
Und wie das keimende Gras die Fluten der Sonne soff,
Und man konnte mit nackter Brust in der Sonne schlafen.

Und im Mai stand das braune Dorf in schäumendem Weiß
Von Obst und Flieder und Wolken von Schlehdornsträuchern,
Und das Meer ward ein tiefer Smaragd und orgelte leis,
Und es quoll aus den Wäldern der Ruchopfer ewiges Räuchern.

Wir haben damals die Elche nicht gesehen
(Ich sah sie erst später im dämmernden Urweltsumpf),
Aber die Elchfahrt ist damals für alle Zeiten geschehen,
Und der Elch stand verborgen im Schilf mit schwarzem
gewaltigem Rumpf.

Vor seinem Maule hing die Luft wie zarter Flor.
Der Urwald barst vor seinem weiten Äugen.
Er stand versteckt und hatte nur das Moor,
Des Himmels Riesenrund und Gott zum Zeugen.

Diese Fahrt war gut,
Obwohl wir die Elche nicht fanden –
Wir wußten, daß sie in starker Hut
Ganz nah hinterm Röhricht standen.

Sie blieben uns unsichtbar,
Und wir haben sie mit uns genommen,
Als wir später, im sinkenden Jahr,
Mit den Zügen der Fische südwärts davongeschwommen.

Isländisch Moos

Traumflechte, lebendiger Marmor, Steingnade,
Wuchs ohne Wurzel, aus dem Salz und Regen
Der Luft sich nährend, Brusthaar der Felsriesen,
Urkraut, Besieger der Eiszeit, Schoß
Der ungeborenen Wälder, wundertätiges Moos.

Bärlapp kriecht noch am Boden, wo spärliche Feuchte
Buschbirken und Krüppelholz treibt.
Dann klammern die gelbroten Gräser
Notwurzeln in Spalten zerschrotnen Gesteins.
Hoch aber im harten Polarglanz,
Am Grenzwall der Erde, das letzte Labsal,
Die letzte Blüte der Welt:

Traumflechte, lebendiger Marmor, Urkraut,
Wuchs ohne Wurzel, Besieger des Todes, Schoß
Der ungeborenen Wälder, wundertätiges Moos.

Der Fischsee

I

Im Nordland schwirrt die Nacht von weißem Licht,
Die Sonne ist im rostigen Moor versunken,
Der bleiche Himmel aber dunkelt nicht,
Und überm Wasser tanzen Feuerfunken,

Wenn es vorm Kiel des Bootes leise fließt.
Du kauerst stumm und tauchst die Ruder ein,
Sehr leise, daß du kaum die Furchen siehst,
Und lauschst mit allen Sinnen in die Flut hinein.

Oft glaubst du schon, es ruckt an deiner Schnur,
Und läßt die Köder überm Spiegel rascher tanzen,
Nach Beute gierig, doch dann war es nur
Ein Zweig von Treibholz oder Wasserpflanzen.

Jetzt aber wird ein leichter Südwind wach,
Gebläht von Waldgeruch und warmen Schatten,
In denen viele Fliegen sich begatten,
Die fallen müd ins Wasser, zappelnd schwach.

Und plötzlich springt ein großer Fisch, ein Lachs vielleicht.
Wie er zurückplumpst, hallt es übern See,
Und ein Flug Enten knattert in die Höh',
Der schlief am Ufer, wo es warm und seicht.

Du lauschst, wie ihr Geknatter von den Wänden
Der großen Berge dröhnt, die voll Kristall
Und grüner Moose stehn, und überall
Wird jetzt Geklopf von Füßen oder Händen –

Auch in des Bootes Holz, das leise stöhnt,
Weil sich die Strömung dreht, und aus den Mooren
Hat sich ein Lichtkreis ohne Laut geboren,
Und du erschrickst, weil dir die Stille dröhnt –

Und weißt: das Rentier, das ihr nie gesehen habt,
Das weiße Rentier, das ihr nie erjagt,
Das weiße Rentier eurer Sehnsucht trabt
Durch diese Nacht, die ungeheuer tagt.

II

Da ruckt die Schnur in deiner Hand,
Es zerrt und reißt den Köder tief hinab.
Du nimmst wie einer, der den Bogen spannt,
Die Leine auf, und rollst sie um den Stab –

Bis deine Beute dicht am Bootrand liegt.
Ein Griff: da schnellt es dir entgegen
Wie ein Geschoß. An deine Rippen fliegt
Der erste Fisch, der dieser Jagd erlegen.

Zwei Finger in die Kiemen, und ein Schlag
Hart auf den Bootsrand macht ihn rasch verenden.
Der tote Körper ruht in deinen Händen,
Kühl, silbern, still, wie einst Fronleichnam lag.

III

Jetzt Ruck um Ruck die Beute! Stumm gebückt
Sahst du, wie einer in dein Boot gesprungen:
Ein Tänzer, wild von seinem Tod verzückt,
In der Begierden seidne Schnur verschlungen.

Und einer riß sich blutend wieder los
Und stieß hinab, von seinem Schmerz geblendet,
Und starb im warmen, dunklen Moderschoß,
Wo vieles Leben wächst und viel verendet.

Du aber weidest mit dem Lappenmesser
Die schönen Lachse, fühlst ihr kühles Blut
Und denkst dabei: ich bin ein starker Esser,
Und frischer Lachs gebraten schmeckt sehr gut.

IV

»Ich rieb den Leib, als ich Commantsche war,
Mit Bärenfett und scharfen Bibertalgen,
Ich kroch im Schilf, da troff mein blaues Haar
Von Schlick und Laich und von verfaulten Algen!

Auch ich bin in den ›bloody grounds‹ geboren,
Auch ich bin aus des großen Häuptlings Blut
Und habe seine Spur noch nicht verloren,
Seit er bewaffnet in der Erde ruht!

Sie haben unsre Väter ausgerottet,
Der letzte rote Krieger hing am Pfahl,
Doch hat er seine Feinde laut verspottet
Und starb voll Stolz in großer Todesqual!«

V

Indem du solche Lieder singst,
Senkt sich der bleiche Himmel immer tiefer
Und spiegelt auf den Fischen, die du fingst,
Der kahlen Berge Quarz und Glimmerschiefer.

Die Nacht ist kühl und nebelhaft geworden.
Du treibst an Land. Die Uferkette klirrt.
Blaufeuer sprüht sekundenlang vom Norden.
Es knackt im Wald. Ein später Käfer schwirrt.

Und horch: das Rentier, das ihr nie gesehen habt,
Das weiße Rentier, das ihr nie erjagt –
Das weiße Rentier eurer Sehnsucht trabt
Durch diese Nacht, die ungeheuer tagt.

Glaubenslied

Wie Stein mit Meißel ficht,
Wie Dunkel strömt in Helle,
Wie aus dem Stab die Blüte bricht
Und aus dem Fels die Quelle,

So west und wandelt ohne Ruh'
In Erdenschoß und Sterne,
In Schale, Frucht und Kerne
Die Kreatur dem Schöpfer zu.

Der Tag verglüht im West.
Der Mohn verblüht im Erntefest.
Der Tod zerhaut die Säume.
Der Glaube baut die Räume.

Heilsarmee

Der Heiland stand vom Grabe auf,
Da fiel das Kreuz in Staub.
Du Söldner, der die Arm' ihm brach,
Du Hauptmann, der ins Fleisch ihn stach,
Pilatus, Magdalena du,
Kommt alle her zu Hauf:
»Denn es ist keine Sünd', und es ist keine Schuld,
Und wer glaubet und liebet und harrt in Geduld,
Der blüht wie ewiges Laub.«

Die Taube flog vom Ararat,
Welt war des Wassers Raub.
Ihr Knechte, ihr Bedrückten all,
In Feursnot und Wasserschwall,
Gesühnt ist Adams Sündenfall
Durch Christi lichte Saat:
»Denn es ist keine Sünd', und es ist keine Schuld,
Und wer glaubet und liebet und harrt in Geduld,
Der blüht wie ewiges Laub.«

Sturmsang der Täufer

Dran, dran, ob Sieg, ob Untergang,
Ob Mann, ob Weib, ob Kinder.
Ihr beugtet lang und allzu bang
Die Hälse eurem Schinder,
Der Not und Drangsal heißt.
Wir wollen ihn zerschlagen,
Wie man ein schlechtes Werk zerschmeißt.
Hilft ihm kein Flehn und Klagen.

Dran, dran mit Wut- und Sturmgesang,
Der Himmel wird ihn hören.
Auf unsre nackte Fahnenstang
Muß Gott den Treueid schwören!
Uns zieht ein Stern voran,
Der wird lebendig werden,
Und jeder wirket, Mann für Mann,
Das himmlisch Reich auf Erden.

Heiligenlegende

Und als man ihren Leib im Blutgericht
Gefoltert und dem Henker übergeben,
Erschien auf ihrem mageren Gesicht
Ein Glanz wie Kraft aus einem andren Leben.

Der Henker stürzt zu Boden taub und blind.
Ein Priester warf sich vor ihr in den Staub,
Und ihre Seele flog als Wolke lind
Aus ihrem Leib, der fiel wie welkes Laub.

Doch weiß der Dichter, daß sie in der Gruft
Wie eine Wurzel ruht und daß in vieler Zeit
Ihr süßer Leib aus Rauch und Gräberduft
Aufsteht und wandelt hochgebenedeit.

Morituri

Truppen marschieren bei Nacht.
Alle Gesichter sind gleich:
Fleckig und bleich,
Helmüberdacht.

Mancher hebt sein Gesicht
Jäh aus dem Mantelkragen:
Hörte er eben nicht
Laut seinen Namen sagen!

Ins Auge rinnt Schweiß.
Schweiß beißt im Genick.
Wohl dem, der nichts weiß
Von fremdem Geschick.

Mädchen im Stall

Ich bin die niedrigste Magd.
Ich schreite von Stall zu Stall.
Alle Brunnenseile sind gerissen:
Aber ich muß die verlassenen Tiere tränken.

Ich bin von Gott zerstört.
Mein Name ist ausgelöscht.
Zuviel Schatten düstert auf der Erde.
Es können nicht alle Menschen Gottes Kinder sein.

Mein Leib ist rinnendes Wachs.
Meine Augen sind bergversunkene Kristalle.
Immer hängen blaue Schleier vor der Sonne.
Warum hast du mir wehgetan.

Ich bin von Schmutz beleckt.
Meine Tränen trüben das Wasser.
Aber um die Berge des Westens diamanten

Die Abendstrahlen. Ohne Zahl
Sind Regenbögen tröstlich ausgespannt.
Der Äther wogt. Gestirne kreisen
Langsam einander zu: Wie feierliche Musik.

Einst werden alle kreisend verschmolzen sein.
Hymnische Chöre füllen den schwingenden Raum,
Suchen ist Finden. Rasen ist Ruh. Die Tiere
Wissen von dieser Zeit und wiegen die Häupter.

Aus ›Kreuzweg‹

Ist nicht die Erde

Ist nicht die Erde ein kristallnes Haus
Mit Wänden, die die Strahlen spiegelnd brechen.
Wir strömen uns in ihre Fernen aus,
Wir rasen wirbelnd über Riesenflächen,
Wir greifen an den Feuerkranz der Sonnen
Und sind doch stets in Körper eingesponnen –

Du Körpergrenze – unermeßner Saum –
Die Augen, die beschwert nach innen sanken
Begreifen jubelnd, daß die Berge schwanken,
Und alles wächst in Kreisen wie der Baum.
O Brüder! Laßt uns in die Himmel schauen
Und ohne End nach allen Seiten bauen –!!

Aus ›Kreuzweg‹

Die Bauern

Wir haben unser Hab verloren.
Wir haben unser Gut verbrannt.
Wir haben nichts als Kopf und Hand
Und Rache und Rache, die wir geschworen.
        Wir wuchten und schrein:
        Stoß ein! Stoß ein!
        Wir stürmen im Lauf:
        Mach auf! Mach auf!
Wir wollen mit vollen
Blutkelchen euch zollen
Wir wollen euch ehren
Mit Gabel und Speeren,
Wir wollen euch heilen
Mit giftigen Pfeilen,
Wir wollen verschwenden
Mit Morden und Schänden,
Wir wollen euch kosen
Mit stachlichten Rosen
        Wir wuchten und schrein:
        Stoß ein! Stoß ein!
        Wir stürmen im Lauf:
        Mach auf! Mach auf!
Wir haben unser Hab verloren,
Wir haben unser Gut verpraßt,
Wir sind von Mensch und Vieh gehaßt,
Rot ist die Rache, die wir geschworen!!

Aus ›Kreuzweg‹

Ach, es ist alles leer – –

Ach, es ist alles leer – –
Wo seid ihr hin, Harrende Hoffende,
Denen ich Kunde bringen muß, Hauch
Von der Genesung –?
Seht doch, die Mauern fallen von selbst. Die Gräben
Der Trennung sind von Liebe überdacht. Der Sumpf
Wächst zu. Lichtwurzel saugt ihn auf –
Sternblume blüht durch euer Blut
Und schüttet ihre Samen in den Sturm,
Daß er die fernste Insel im Korallenmeer befruchte.

Ach, es ist alles leer – –
Das Vieh brüllt in den Ställen, ungetränkt.
Die Ratten pfeifen durch die Straßen. Blind
Hocken die Häuser da –

Wo seid ihr hin? Geliebte, die ich nie
Berühren durfte? Nun ich sagen kann,
Was in mir schwieg, bin ich allein –.
Der Vater fort. Der Mann,
Der nach mir schrie, die Hand,
Die nach mir griff,
Nun ich geben will,
Ist keiner da zu nehmen.
Kahle Wand – –
Wohin –?
Wohin – –

Aus ›Kreuzweg‹

Hilario

Hör zu.
Wo ich herkomm war trunkene Ruh.

Schweigend zwischen dem Steppengeblühe
Wanderten große zottige Kühe
Und wenn ein gebuckelter Büffel brüllte
Stand er schwer wie ein Beter da
Und seine dröhnende Brust erfüllte
Tiefer das Schweigen – und Gott war nah –

Morgens über Helianthusfluren
Liefen im Tau vieler Füße Spuren,
Wer sie erblickt steht still und denkt:
Diese Nacht hat alle getränkt.
Manchmal wiegen sich Falter an Säumen
Wogender Wälder voll Lebensbäumen.
Breiten die Schwingen mit nächtigen Augen
Taumelnd aus stäubenden Kelchen zu saugen.
Dann wieder schreiten vor weidender Herde
Frühlichtumbrandet – die blauen Pferde!
Auf ihren breiten glänzenden Flanken
Spiegeln die Himmel azurene Flut –
Fauchende Panther stemmen die Pranken,
Sprungsehnen schnellen die samtnen schlanken
Grausam und groß auf das duftende Blut.

So hab ich gelebt:
Von Moosen umschmiegt, von Gräsern behangen.
Die Monde sind über mich hingegangen.

Aus ›Kreuzweg‹

Bachfuge

Herz, werde wach und singe:
Singe dem Herrn, der die Erde schuf.
Ihn preisen alle Dinge,
Die er geweckt mit Schlag und Ruf.
Herz, werde wach und singe,
Der Herr erschuf die Erde schwer,
Die Erde schuf des Herren Ehr',
Drum lobt ihn Stimm' und Schwinge,
Die er geweckt in Wolk' und Meer,
In Tag und Nacht, in Wort und Lehr'
Zum großen Chor: »Vollbringe!«

Der Cellospieler aus Thüringen

Herr, laß mich musizieren,
Wie meinen Ton die Heimat schuf,
Hell, klar und rein wie Vogelruf
– Und wenig tremolieren
– Und nicht Glissando schmieren:
Stark wie der Amsel Jubila,
So kling die Saite »A«.

Das Leben kräftig führen,
Wie man den vollen Bogen führt,
Wenn freudiger Stolz die Feuer schürt
– Und ohne falsches Rühren
Das heiße Herz verspüren
Wie Hoffnung tief, wie Sehnsucht weh,
So schwing die Saite »D«.

Der Töne wahres Leben
Ist jeden Lebens Kern verwandt,
Der schafft und zeugt in Meisterhand
– Stets nach Vollendung streben
Und nicht am Griffbrett kleben –:
Ernst, wie ein gutes Werk gescheh',
So tön die Saite »G«.

Am Himmel nachts die stummen
Gestirne leuchten ohne Zahl,
Und Weite strömt ins schmalste Tal,
Drin tags die Bienen summen
Und Sturmes Bässe brummen,
Wie Gottes »Stirb und Aufersteh!«
So dröhn die Saite »C«.

Chopin: Barcarole de Venise

Mond und Sterne des Südens
Rieseln ins Wasser wie Schnee,
Nächte des Nimmer-Ermüdens.
Spielende Winde der See.

Nächte des Nimmer-Erjagens,
Nächte, beflutet vom Glück:
Spielende Winde tragen's
Immer vom Ufer zurück.

Wenn ich ertränke, sie trügen's
Grün in die Tiefe mir nach.
Nächte des Nimmer-Genügens
Wiegten mich wieder wach.

Die Landschaft singt

Ich hab dich gezeugt! Ich hab dich getragen.
Im rötlichen Weinberg stand deiner Eltern Haus.
Mit jedem Jahr, das dich ins Land verschlagen,
Streckt' ich die Arme weiter nach dir aus.

Ich bin dir erschienen, wo du je verweilt.
Ich nahm dich an die Brust in vielen Stunden.
Ich habe deinen tiefsten Schmerz geheilt
Und hielt im tiefsten Glück dein Herz umwunden.

In der Blutbuche vor deinem Fenster, die knospte rot,
War ich der Saft, den sahst du leuchtend steigen.
In der Bergquelle, die dir Trunk und Kühlung bot,
War ich der Stein und das kristallne Schweigen.

Ich bin im Winter dein Schnee, im Sommer dein See.
Ich bin im Grase dein Kind, deine Mutter im Abendwind.
Ich bin dein Geschick, ich bin deiner Träume Musik.
Ich bin dein Ursprung und End, dein Regen,
dein Sonnenwend.

Die Nächte der Jugend

Die Nächte der Jugend, im Schlaf und im Wachen
Von Wolken umsponnen, von Sternen beflammt,
Von Träumen durchrauscht, die unsterblich machen,
Die Nächte der Jugend, im Schlaf und im Wachen
Von Liebe gesegnet, von Liebe verdammt.

Wie der Marienstein verwittert am Feldrand steht,
Bleibt manche Nacht in Wettern und Zeiten bestehen,
Und wie der Uferwind durchs trockne Röhricht geht,
Werden viele Nächte kühl und raschelnd verwehen.

Als wir noch trieben im Binsenkorb auf purpurner
Schlummerflut,
Halb wach die Träume wie taumelnde Nachtfalter fingen,
Tat unsren durstigen Augen das Dunkel gut,
Wir hörten das Meer im Geheimnis der Ohrmuschel singen.

Gespenster peinigten uns, und wir kämpften mit ihnen,
Bis sie die Wände wegschwemmten und das Dunkel
ward uferlos,
Doch eh' wir ertranken, ist immer die rettende Insel
erschienen,
Ein Gesicht wie Mond über uns, wie Boot und Gestade ein
Schoß.

Wie viele Nächte haben wir seitdem durchschwommen
(Und der Tag sprang uns an mit weißem, würzigem Wind),
Wie viele Nächte gleich mächtigen Bäumen erklommen,
Von denen wir manchmal wie grüne Nüsse gefallen sind.

Die Nächte, die wir durchsangen, die Nächte, die wir
durchsoffen,
Die verschwendeten Nächte rollen uns ewig im Blut –
Die Nächte voll Schmach, voll verzweifelter Sehnsucht
und Hoffen
Sanken uns tief ins Gebein, und auch diese sind gut.

Und Nächte vor splitterndem Eisen, das längst verrostet,
Viele Kriegsnächte auf Posten, zu Pferd, in Regen und
Sternenschein,
Sie hätten uns beinah Kopf und Kragen gekostet,
Denn der Herr stand auf beiden Seiten der Front, und
der Mann stand allein.

Wir glaubten und hofften kaum, daß ein Gott uns beschützte
In diesen Nächten voll Schlamm, Verwesung und Blutgeruch,
Wir beteten manchmal aus Angst und wußten, daß es
nichts nützte,
Was wir fühlten, war Wut, was wir sprachen, war Spott
oder Fluch.

Einmal, als wir nach rückwärts in die Quartiere zogen,
Ritten wir durch eine meergrün verschwimmende Nacht.
Die Bäume standen in Blust, von Käferschwärmen beflogen,
Der Dampf dieser Nacht hat uns schwer und schweigsam
gemacht.

Es war so still, man hörte die Gäule kauen,
Das Leder am Sattel, den Hufschlag hörte man kaum –
Der Tag begann in perlmuttenem Rauche zu grauen,
Die nassen Wälder rochen wie schlafende Frauen,
Und wir hoben mit brennender Hand ihrer Hemden Saum.

Ihr großen Nächte der Lust, ihr großen liebenden Frauen,
Ihr trunknen Nächte der Gnaden voll Rausch und Begier,
Ihr Nächte aus Himmel und Hölle, voll Scham und
Vertrauen –
Ohne Anfang und End', ohne Jugend und Alter seid ihr!

O ihr Nächte, wo wir Pflanzen und Tieren gleich
Nur noch die Haut unsrer Leiber spüren –:
Nacht, zu uns komme dein Reich.
Frau, mach uns erdengleich.
Kraft wird uns führen.

Eine Nacht im Gebirgsschnee, unterm reißenden Strudel
der Sterne.
Eine Nacht an Bord, im brüllenden Herbstorkan.
Eine weiße Nordnacht voll flirrender Unrast und Ferne.
Eine Nacht unterm Ufergesträuch im leise ächzenden Kahn.

Eine Nacht wie viele andre Nächte hat Freundschaft geboren.
Eine Nacht wie viele andre Nächte sah uns keuchend im Staub.
Unruhige Nächte brachen wir auf gleich metallenen Toren.
Die ruhigste, die Werknacht, blüht wie ewiges Laub.

Manche Nacht, vielleicht die besten Nächte,
Haben wir vergessen ganz und gar.
Manche hängt wie Schimmel, Moos und Flechte
An der Lebensrinde und wie Gras im Haar.

Wenig Nächte dürfen ewig dauern,
Von den meisten wissen wir nur noch,
Wie in fahlen und opalnen Schauern
Kühl der Morgen durch die Zweige kroch.

Marschlied

Ich will es öfter sagen,
Damit ihr's alle wißt,
Die ihr mich könntet fragen,
Wie schön das Leben ist.

Die Leute, welche meinen,
Die Welt sei schlecht gemacht,
Sind nicht mit sich im reinen
Und gar noch nicht erwacht.

Im Guten wie im Schlechten
Hört eines Freundes Rat:
Nicht mit dem Schöpfer rechten,
Der wußte, was er tat!

Gehst du am End' zugrunde,
So trag's mit starkem Mut:
Die eine Schöpferstunde
Macht alle Tode gut!

Blätter

Herbstliches Ahornblatt, auf einem Waldbach treibend

Das war, als mir ein Weib im Wald begegnet,
Der ich den Sack mit welkem Laube trug,
Und als mich ihre Haselrute schlug,
Ahnt' ich, im Schmerz: sie hatte mich gesegnet –

Und da ich noch den roten Striemen kühlte
Auf meiner Hand, war all das nie geschehn –
Doch plötzlich konnt' ich das Verborgne sehn
Und blieb gebannt vor einem Zeichen stehn,
Das mir der klare Bach entgegenspülte.

Ein fünfgezacktes Blatt, herbstfarbengrell
In Todeskränke zauberhaft verändert –
Blutrot geädert, purpurtief durchbändert,
Von schwarzem Rost gefleckt, monstranzenhell

Aus goldnem Grunde leuchtend. Langsam trieb
Es in der Strömung, zitternd fand
Vor einem Stein es Halt, bis einer Welle Hieb
(Gleichwie mit einer unsichtbaren Hand)

Es in den Strudel riß, und abwärts drehte,
Wo es in Schattenmurmelflut verschwand.
Ein kleiner Sog von seinem Stiel noch wehte
Wie Stichlings Flitzen übern Kieselsand.

Ich aber lange, furchtergriffen, stand,
Und ohne Wissen wie im Stoßgebete –
Mir war, als ob ich an den Abgrund trete
Und blicke schauernd über seinen Rand.

Verlassene Gärten

Wo Häuser standen – Schutt, verkohltes Gemäuer.
Wo Bäume ragten – Stumpf, zersplitterte Kron'.
Rostige Pflugschar ragt aus dem Grabe der Scheuer.
Unkraut und Wegerich verwischt die Straßen schon.

Aber die Gärten, die keine Hand mehr pflegte,
Die Rosen, ungepflückt am Strauch verdorrt,
Die Beete, die kein Heckengrün umhegte –
Wohin der Wind die reifen Samen fegte,
Wuchern sie auf und blühn von Ort zu Ort!

Am Grabenrand, von Gas und Rauch verbrannt,
Beginnt ein Strauch in Blüte zu entbrennen.
Gott mag in seinem Dufte mild erkennen
Die Toten, die vermodern unerkannt.

1916

Melusinenlied

Über dem schwarzen Spiegel der Durstflut ranken die Stunden
Seerosen weiß.
Knospen tief an die Wurzel im Grund gebunden.
Heiligen Kreis
Wölben der Blätter gefächerte Schalen, darauf die Libellen
Im rosigen Strahl
Zitternde Pfeile schnellen.
Singendes, singendes Tal.

Doch wenn der Tag aufsteht über den ewigen Kronen,
Der lichtgegürtete Tag,
Macht er die Knospen springen, in denen die Wunder wohnen.
Jahrelang lag
Träumende Frau wie Schilf ins Feuchte gebunden –
Durstflut steigt, und dämmernd ranken die Stunden.
Komm Tag! Blüh Tag!
Lichtgegürteter Tag!

1920

Die drei Eisheiligen

Die drei Eisheiligen sind übers Land gezogen
Und haben ihre Winterzähne ausgespuckt,
Die sind als Hagel auf die Saat geflogen,
Jetzt schwimmt der Acker voll mit Frost gesogen,
Mit grauem Schnee die Furchen voll geschluckt.

Es prasseln schlimme Wetter
Aus ihren Augenbraun,
Der Wein hat gelbe Blätter,
Der Weizen liegt zerhaun.

Der Erste, voll Gewittern, sägt
Der jungen Bäume Wuchs zuschand.
Des Zweiten harte Frostnacht schlägt
Die junge Frucht mit Eisesbrand.

Der Dritte kriecht im Nebelschleim
Dicht übern Boden durch den Gau,
Zernagt der Halme Wurzelkeim
Und beißt der Spargeln Köpfe blau.

Viel Mäuse, Raupen, Käfer sind
In ihrer Füße Spur verreckt,
Und liegen kalt im Totenwind,
Die Beine steif empor gestreckt.

Ein Kind hat sie am Himmel fliegen sehn,
Vergaß vor Schreck den Wettersegen,
Jetzt kann es nicht mehr aufrecht gehn,
Und sieht sie nachts im Fenster stehn,
Und magert stumm dem Tod entgegen.

Die drei Eisheiligen sind übers Land gezogen,
Und haben Schwindsucht in der Felder Brust gespuckt.
Jetzt hat sie Gott in seine Riesenwogen
Voll Frost und Wärme gurgelnd eingesogen,
Und tief in seine Gräber heimgeschluckt.

1920

Gesang ins Moos

Mein Geschlecht ist vom Süden durchsonnt, aber im Norden
Laß ich mein Haar in dem Schaum der Gestade schleifen.
Zwischen den großen Meeren schlaf ich im weißen Wind,
Schlaf ich in Hitze und Kälte, zeugend, brütend, gebärend –
Schlaf ich des Erdleibs atmenden, feurigen Wachschlaf.
Ströme bewässern mich, niemals kann ich verdorrn.
Roggen und braune Frucht treib ich hervor, Kräuter,
Weintrauben von dunklem Geruch.
Aber mein Fleisch ist in Moose verwühlt,
In Moos und gesprenkelte Flechten.

Oft überm nördlichen Himmel flackern die Blaufeuer auf
In den eisernen Nächten,
Und von den Bergen schüttert der Hufschlag des weißen
  Rentiers,
Das keiner erjagt.
Fische springen ins Boot, wie Tänzer verzückt
An der seidenen Schnur der Begierden.
Wenn ich sie weide, ihr Blut fleckt kalt meine Hände.

Brennende Sümpfe verschlingen den Glanz der Gebirge.
Wenn du die Axt anpackst, ist ein Kampf mit dem
  harzigen Hartholz.
Kampf ist gut zwischen Mann und Baum, zwischen Mann
  und Meer, zwischen Männern,
Brust an Brust mit den Felsen und knochiger Feindschaft
  des Astwerks,
Stampfende Füße im Moos. Doch die Blüten der Moose
Trinken das springende Blut, von tödlicher Liebe versengt.

Weißt du den Schmerz, der die Haut aufsprengt wie Küsse
verzehrender Sonnen?
Der nur erschöpft ihn ganz, der ihn schafft und verwandelt.
Oft ist ein Rieseln von Schnee und Triebsand in deinem Blick
Und Sterne, die lautlos in schwarze Gewässer versinken.

Horch: wenn der bauchige Kutter im Nebel vereinsamt,
Schreien gespenstige Vögel auf Klippen, wie Weiber in Wehn.
Winde schweigen verstört in den Schluchten der Tiefe
geronnen.
Wisse: die See ist ein trockenes Maul, das im Gähnen
verschmachtet.

Wisse: der Hagel klirrt auf die Felder und feurige Pocken
zernagen die Erdhaut.
Schwarzblut sickert hervor, der Haß, und vergiftete Liebe.
Abends im Osten die Nacht, eine Qualle von Unflat.
Wir aber treiben auf gläserner Dünung, Delphine und Wal,
Im grünen Gesang des Atlantik.

Wisse: die Wälder des Nordens sind hart von Dornicht
verwachsen.
Tiere verwesen im Moos, und die bitteren Läuber septembers.
Ich aber schlug mich viel, und habe im Norden gerodet,
Habe im Süden gehungert, in Brotfruchtwäldern gelechzt,
Lebte im Westen lang, wo die Felder im ewigen Abend
verglimmen –
Lauschte in Heimathügeln der Monde Musik und dem
Wachstum der Reben.

Jetzt bin ich breit und brüsk auf die Küsten der Erde gelagert.
Kampf sah mich hart, und Liebe gewillt, und Samen
durchsüßen mein Blut.
Ich bin der Mann, aus Erde gemacht, doch größer als Erde.
Rechts und links meine Hände berühren den sphärischen Pol.

Bloß bin ich, ohne Besitz. Doch über mir, schweigsam und
weit,
Ist nichts als der Himmel,
Und unter mir nichts als das Meer,
Die berauschende Frau,
Das Moos,
Die Geliebte.

Stimmen der Hinterhöfe

Wenn im Frühling nachts die Fenster offen stehen,
Flattern aus dem Dunkel Stimmen viel herein,
Was sie sagen, kann man kaum verstehen,
Mag auch meistens von den Katzen sein.

Häufig wird am stillen Herd gezankt,
Häufig hört man fremde Türen schlagen,
Manch Betrunkner, der zu Bette wankt,
Sucht ein Lied und kann es nicht erjagen.

Manchmal klingt's gefährlich und beklemmend
Wie der Mord im Kriminalroman,
Wenn ein Weib, die Fäuste hüftlings stemmend,
Leise keift, weil zu viel Gas vertan.

Liebende, die große Vorsicht brauchen,
Daß ihr Herzschlag nicht die Wirtin weckt,
Werden plötzlich laut und seufzen, fauchen,
Ranzen, jaulern, jubeln, untertauchen
Taub im Glück, verstummen, tief erschreckt,

Wenn der Mond aus dünnem Nebelrauchen
Taktlos seine gelben Zähne bleckt.

Furchtbar schnaubt es durch erstorbne Zimmer,
Wenn ein Weib in letzten Wehn sich bäumt,
Bis im rieselgoldnen Morgenschimmer
Säuglings Schrei und hungriges Gewimmer
Als ein warmer Quell zu Tage schäumt.

Oft jedoch ist alle das versunken
Und es hört, wer still im Dunkel wacht:
Wie der Frühling donnernd, säftetrunken,
Aus den Knospen magrer Bäume kracht.

Die Tage werden schmal

Der Herbst ging ins Gefilde,
Der Wald entflammte rot,
Der Jäger hing am Wilde
Mit Hunger, Gier und Not,
Die Hindin lächelt milde
Und blutet sich zu Tod.

Es trieb in stumpfem Keile
Der wilden Gänse Zug,
Der Baum zerbarst am Beile,
Der Wind ins Röhricht schlug,
Und dampfend brach die Zeile
Des Ackers hinterm Pflug.

Des Nachts aus Schwärzen schnaubte
Der Hirsche Sucht und Qual,
Der Sturm den Wald entlaubte,
Der Nebel rinnt ins Tal.
Rauhreif die Fichten staubte –
Die Tage werden schmal.

Ein Regenlied

Du singendes Netz – du silbern Gespinst –
Du seidiges Rauschen im Baumgerinst.

In der Traufe läuten die Tropfen.
Geisterknöchel klopfen.

Trippeln Gespensterpfoten.
In der Erde faulen die Toten.

Knicken die Lilienstengel.
In den Wolken flüstern die Engel.

Gesang vom guten Schlaf

Im offnen Fenster schäumt die feuchte Nacht,
Und schaufelt Sterne, schaufelt Wolkenfracht.

Der gute stumme Schlaf zu Häupten quillt.
Dein Atem ebbt und flutet, herzgestillt.

Erlöst von Geistern, die ins Dämmer flüchten,
Ist nun der Leib mit dunklem Licht umhäuft,

Wie wenn aus windgebrochnen Baumesfrüchten
Die milde braune Milch der Fäulnis träuft.

O schenk uns kühlen Mond und blaue Morgenstund,
Laß Nebel dampfend aus den Wiesen wallen

Und all das blinde Strömen von der Bäche Grund
Wie Balsam, totensüß, auf unsre Augen fallen!

Sonett vom goldenen Herbst

O goldener Herbst du kochst die Trauben gar,
Wenn die rötliche Weinbergerde des Morgens dampft
Und der wilde Oktober das fruchtschwer sinkende Jahr
Wie welkes Laub in die rauchige Erde stampft.

O goldener Herbst du schwankst auf leichtem Gebeine,
Wenn das rötliche Dürrkrautfeuer im Abend schwelt.
Du schwankst im Rausch von frisch gekeltertem Weine,
Wie ein Boot im Strome der Luft, die dein Ruch durchseelt.

O goldener Herbst, o goldenen Weines Flut.
O goldene Saat, die sanft im Bauche der Schollen
Dem brennenden Golde des Sommers entgegen ruht –

Indes die verheißungs- oder verhängnisvollen
Monde gehn durch der Erde wechselndes Blut,
Und viele Winde über die Felder rollen.

Gespräch mit einer Spinne

Pardon.
Laß dich nicht stören, süße Frau.
Fast hätt' ich Sie, meine Ungnädige,
Mit »Altes Miststück« angeredet – doch das wäre
Unkorrekt gewesen. Denn Sie blühn
Im Juni Ihrer Reize. Außerdem –
Ich geb' es zu, ich habe Sie
Belästigt.

Zwar war es nur
Die feine Spitze meines Bleistifts,
Womit ich hinterrücks
(Weil mir nichts einfiel, nämlich)
Und ganz behutsam, ohne nur
Ein Fädchen zu verletzen,
Ihr zartgesponnen-tückisch-raffiniertes
Netz betupfte – daß es schwang,
Wie wenn ein Mücklein sich verfangen hätte,
Und ich sagte, als Sie beutelüstern
Sich auf die leere Falle stürzten:
»Angeschmiert.«

Gönnen Sie mir doch
Das schäbige Vergnügen.
Man nennt es, hierzulande: Sekkatur.
Und manche Damen
Lieben das. – Was haben Sie dagegen, daß ich mich
In meiner Not mit Ihnen unterhalte?

Wisse denn: Ich bin
Der Gefangene von Château d'If.
Seit zwanzig Jahren habe ich, der Graf von Monte Cristo,

Den Laut der Menschenstimme nicht gehört. Des Morgens
Schiebt mir der finstre Schließer
Den schimmligen Brotlaib und den fauligen Wassersteinkrug
Durch die Gittertür. Gewöhnlich
Lieg ich dann mit geschloßnen Augen
Und stelle mich
Tot.
Grinsen Sie nicht!

Hör mal, du frißt zu viel. Jetzt schon die dritte Fliege
Seit vier Uhr nachmittags. Und abends
Schlürfst du den Saft der pelzig dickbeleibten
Mattäugig lautlos leidenden Nachtschmetter-
Linge. Wo soll denn das
Hinaus?

Nun, bitte sehr. Ich kann ja wieder
Sie zu Ihnen sagen. Wenn Sie so
Boshaft glotzen.

Ihnen wird nachgesagt, Madame,
Daß Sie nach dem vollzogenen Hochzeitsfest
Den Herrn Gemahl verspeisen.
Selbst hab' ich Sie
Bei dieser Tätigkeit noch nicht belauscht. Jedoch
Ich trau es Ihnen zu. Sie haben
So etwas Radikales. Bitte,
Genieren Sie sich nicht. Wie manche, manche Dame

Wär' glücklich, hätte sie sechs Beine, und
Ein Saug-Gebiß.

Ich habe
Der Dienstmagd untersagt, Sie
Wegzufegen. Die hält mich jetzt
Für einen Sonderling. Ich aber hab' ganz gern
Ein wenig weibliche Gesellschaft, die
Nur frißt, und schweigt, und etwas
Unheil spinnt.

Auf die Gefahr hin, daß Sie das
Respektlos finden: Mir
Graut es nicht vor Ihnen. Ach, ich bin
Ein Kamerad der Schlangen, ein Vertrauter
Der Kellerasseln, Duzfreund und Bruderherz
Der feuchten Salamander, Clubgenosse
Der Totengräber, und dem Heiligen Pillendreher
Wahlverwandt – Kurzum: Habitué
Des niederen Lebens.

Hören Sie noch zu? – Ich glaube fast
Sie dösen, vollgefressen, vor sich hin.
Warum auch nicht?
In meinem nächsten Leben möcht' ich,
Wenn es sein muß, lieber
Eine Spinne werden, (weiblich), als
Ein Schmetterling. Doch lieber noch
Ein wildes Pferd, (dann männlich).
Doch, vielleicht,
Werd' ich aus Eurem dumpfen Schmerzensreich heraus
Hinaus, hinauf, hinüber mich

Verwandeln, in
Ein lichtes, körperloses, strömend liebetrunknes
Himmlisches Geschöpf – ganz nah –
Ganz nahe
Der Gottheit...

Geburt im Korn

Der Abend sank auf ihre schwere Stunde.
Ein Wind hub an durchs reife Korn zu gehn.
Da spürte sie des Himmels Strahlenrunde
Wie Nebel kühl auf ihren Scheitel wehn –

Und spürte kühl auf ihrem trocknen Munde
Und Schoß und Glieder schwebend leicht im Wind:
Als ob ihr Leib sich ganz in Himmel runde,
Und allen Lebens Schmerz in ihr gesunde,
Und längst in ihr gestillt – Da schrie das Kind.

Und schwer von Frucht die reifen Ähren wiegten
Mit goldnem Brot ihr Kind zur ersten Ruh.
Des Ackers Krumen, Wurm und Käfer schmiegten
Wie Kinder sich an ihren harten Schuh.

Die Schauspielerin

Geht sie des Abends durch den Garten,
Spürt sie ein Rieseln wie Gefahr.
Es reckt sich aus den winterharten
Erdschollen fremd und unsichtbar.

Des Nachts besuchen sie die Träume
In lautlos brauner Eulenschar.
Aufschweigt durch schwarze Kiefernbäume
Der große Vollmond, kälteklar –

Und glimmt im Fenster wie Gewitter,
Und oftmals schrickt sie wild empor,
Und schmeckt auf ihrer Zunge bitter
Die Hostien aller Tode vor.

Dann steht sie morgens auf der Probe,
Den Blick vom kalten Licht verschneit.
In ihren Gaumen kriecht der grobe
Geruch des Leims, und Übelkeit.

Es würgt sie furchtbar in der Kehle,
Es bangt ihr vor dem leeren Haus,
Und plötzlich heult sie ihre Seele
Wie eine kranke Hündin aus.

Du Leib zum tiefsten Leid erkoren.
Du Herz, das keine Grenzen mißt.
Du Mutterschoß, der nie geboren.
Du Frau, die allzeit Mutter ist.

Wer spürt, wie ihre Pulse jagen,
Und wie ihr Herz im Halse hackt –
Wer ahnt, was ihre Schultern tragen,
Und welche Scham sie brennend packt?

Sie geht hinaus, bereit zum Sterben.
Ihr Sinn verweht. Ihr Herz zerbricht.
Da tritt aus ihres Wesens Scherben
Ein neues Wesen groß ins Licht –

Und lebt! Und spricht! zum ersten Male!
Und lebt, wie noch kein Leben war!
Und wuchert auf, vom Gnadenstrahle
Befruchtet, wild und wunderbar.

Es blüht von Händen, Mund und Wangen.
Ihr Duft ist heiß wie reifer Wein.
Sie steht im Sehnen und Verlangen
Der tausend Augen ganz allein.

Und ganz allein im kleinen Raume
Wäscht sie sich Haut und Seele rein.
Ihr Antlitz taucht aus dunklem Traume,
Wie milder, leichter Sternenschein.

Aus ihrem Haare knistern Funken.
Die Winde tasten um ihr Haus.
Sie breitet beide Arme trunken
Der Nacht und allem Segen aus.

Tage-Lied

In eim Baumgart tief unterm Rosenzweih
Hält die Frau ihren Freund sich nahebei
Bis daß der Hahn aufschrei daß Frühe sei –
O Gott! die Frühe kalt und gar so bald!

Wär es doch so, daß die Nacht nie vollend
Noch mein Freund sich nit scheidend von mir wend
Noch der Tagstern bleichend im Oste stånd –
O Gott! die Frühe kalt und gar so bald!

Schön liebster Freund küßt mich und küß ich Euch
Linnet uns der Mond auf Kraut und in Gesträuch
Daß uns vom süßen Spiel kein Tagelicht scheuch –
O Gott! die Frühe kalt und gar so bald!

Schön liebster Freund fangst wieder an von vorn
Da der Vogel uns schallt im Schlehendorn
Bis die Tagwacht eifernd rühret ihr Morgenhorn –
O Gott! die Frühe kalt und gar so bald!

Aus ›Der Schelm von Bergen‹

Was spürt grün Blatt vom Gilben

Was spürt grün Blatt vom Gilben – was ahnt jung hitzig Blut –
Wie Reif auf Halm und Frost in Wurzeln tut.
Uns wärmt und ammet noch – gleich Brustkindlein –
Die Milch des Alters, der geklärte Wein.
Drum laßt den Quell nit sanden! Trinkt, Ihr Herrn,
Bis rot im Weindunst sinkt der Tagesstern!

Aus ›Der Schelm von Bergen‹

Gebet der Kaiserin

So hilf mir, Gott. Verhilf mir zum Gebet!
Laß Deine Hand auf meinen Scheitel fallen!
Schick mir von Deinem Wind ein kleines Wallen,
Das mich in Deines Ackers Furchen weht.
    Dein Segen fruchtet Baum und Korn.
    Laß mich nit ungeblüht verdorrn!
Du hast Dein Wesen leibhaft kundgetan,
Mit Deinem Hauch des Blutes Brand entfachet –
Tritt nit zu Asche, was uns leuchten machet!
Blick Dein Geschöpf mit Schöpfers Augen an!
    Wenn Sünde Herzens Jubel ist –
    Stürz mich in Sünde, Jesu Christ!

Aus ›Der Schelm von Bergen‹

Der Tod des Scharfrichters

Dies ist der Tod, der mir beschieden ist.
Ein leises Wehn – ein Rieseln in den Blättern –
Ein glimmend Licht – ein stumm geheimes Wettern –
Ein Abend, der voll Trost und Frieden ist.

Wer segnet meinen Leib? Die Sonne, die drauf scheinet.
Wer weiht mein Grab? Der Regen, der drauf weinet.
Wer weckt mich zum Gericht? Des Schöpfers Hand.
Denn jeder Krumen Erde ist geweihtes Land.

Aus ›Der Schelm von Bergen‹

Haus-Segen

I

Sankt Joseph war ein Zimmermann
Und baute auf das Haus.
Maria goß den Schimmer dann
Der Gnade drüber aus.
Die Kindlein JO und JEckelches,
Die spielten drin Versteckelches,
Und machten sich nichts draus.

II

Nun ist ein Haus
Neu aufgerichtet,
Das Tor gesetzt,
Das Dach gedichtet,
Der Stein gemetzt,
Das Holz gewichtet
Und Stock und Stuf
Zum Bau geschichtet.
Es ruhen Kelle,
Axt und Scheit.
Jetzt sei die Schwelle
Froh geweiht.

Ein Lied von Kraut und Gras

Auf der Mainau und im Rheingau
Wächst viel Kraut und grünes Gras,
Drüber hupfet, drunter lupfet,
Seinen Sterz der Frühlingshas:
»Und auch mancher junge Mann
Lupft und hupft dort, wenn er kann.«

Römisch Köhle, Karfiöle,
Stachel- und Johannisbeer,
Spargelspitzchen, Erdraditzchen,
Alles wächst von unten her:
»Und es fängt ein junger Mann
Auch am besten unten an.«

Auf der nassen Wiese blassen
Seine fahlen Champignons,
Wurzeldüftig, schimmelgrüftig,
Keimversunkne Pilzballons:
»Und ein kluger, junger Mann
Dämpft sie leicht mit Kräutern an.«

Kraut und Rüben, hüben, drüben,
Überall ist frisch gepflanzt,
Sauerampfer, Mottenkampfer,
Und der Gasthof stark verwanzt:
»Mancher junge Mann samt Frau
Wünscht sich einen Maulwurfsbau.«

In den Hecken sich verstecken
Maus und Wiesel, Ratz und Spatz,
Wo die Schlehen Blüten wehen,
Ist viel Dorn und wenig Platz:
»Und es staunt manch junger Christ,
Wie verzaunt der Frühling ist.«

Auf der Mainau und im Rheingau
Wächst viel Kraut und grünes Gras,
Das Betreten ist verbeten,
Doch wer Lust hat, pfeift sich was:
»Mancher junge Optimist
Weiß, wie leicht das Pfeifen ist.«

Dienstmädchenlied

Ach, jetzt müssen wir uns trennen,
Weil wir nicht zusammenbleiben können
In dem großen Bahnhofswartesaal
Sehn wir uns
Zum allerletzten Mal.

Schon pfeift die Lokomotive,
Und ich schreib dir jeden Tag zwei Briefe
In dem großen Bahnhofswartesaal
Sei mir gut
Zum allerletzten Mal.

Du, der du mein Schatz gewesen,
Und ich kann's in deinen Augen lesen
In dem großen Bahnhofswartesaal
Küß ich dich
Zum allerletzten Mal.

Nach einer Weise aus dem Krieg 1914–1918

Lied vom Schinderhannes

»Im Schneppenbacher Forste,
Da geht der Teufel rumdibum,
De Hals voll schwarzer Borste,
Und bringt die arme Kaufleut um!

Das ist der Schinderhannes,
Der Lumpenhund, der Galgenstrick,
Der Schrecken jedes Mannes,
Und auch der Weiberstück!

Im Soonewald, im Soonewald
Steht manche dunkle Tann,
Darunter liegt begraben bald
Ein braver Wandersmann.

Im Schneppenbacher Forste,
Da geht der Teufel rumdibum,
Die Ank voll schwarzer Borste,
Und legt die junge Weibsleut um!«

Aus ›Schinderhannes‹

Alabama-Lied

I

Ich kam von Alabama übern großen Teich daher,
Und ich habe kein Pyjama und auch keinen Strohhut mehr.
Als ich meine Braut verließ, da sprang sie hinter mir ins Meer,
Doch die beste Braut des Kriegers ist bekanntlich das Gewehr.
Chor: »Oh – Su – sanna, – das ist schon lange her –
Drum wein dir nicht die Augen aus, wenn ich nicht
wiederkehr.«

II

Als ich von Alabama zog, fiel der Regen dick und schwer,
Und es regnet bei der Überfahrt und in Frankreich noch viel
mehr.
Und es regnet bei der großen Schlacht, und der Himmel
wird nicht leer,
Und es regnet auf den Micky Quirt und auf das ganze Heer.
Chor: »Oh – Su – sanna, – drum weine nicht so sehr –
Denn wir haben nasse Brocken an, doch ein trocknes
Schießgewehr.«

III

Und wenn du in Alabama hörst, daß wieder Frieden wär,
Dann nimm dir einen Cornedbeefkonservenmillionär.
Leg deine Wang an seine Wang und sprich: You are my care –!
Denn dein Micky war ein Feldsoldat, und das ist jetzt
nicht mehr fair.

Chor: »Oh – Su – sanna, das Leben ist nicht schwer –
Und für einen toten Bräutigam kommen tausend neue her.«

Aus ›Rivalen‹
Nach der amerikanischen Melodie von Foster:
›I come from Alabama –‹

Hochzeitslied

Leg an deiner Mutter Hochzeitshemd,
Wenn Fackel und Herz entbrannten.
Die Welt war im Anfang kalt und fremd,
Eh Mann und Frau sich erkannten.

Erblüh, erblüh, du Rose am Strauch,
Verglüh, verglüh im nächtlichen Hauch,
Streif ab dein Kleid, begrab dein Leid
Und schenk es dem Strome der Zeit –

Aus ›Ulla Winblad oder
Musik und Leben des Carl Michael Bellman‹
Zur Melodie von Bellman, Epistlar No. 80

Trommelmarsch ›Vom kleinen Mann‹

I

Auf, Bruder, lauf, Bruder,
Daß du nicht zu spät kommst, Bruder,
Renn, Bruder, denn, Bruder,
Endlich ists passiert!
Trommelschlag: – ·· –
Endlich kommt der Kleine Mann ans Ruder
Drum, Bruder, kumm, Bruder,
Ran und nicht geniert!
Stell dich nicht dämlich,
Mach dir nicht die Hosen an,
Du bist jetzt nämlich
Der gros-se Mann.

II

Rauf, Bruder, sauf, Bruder,
Flicke, was ein Loch hat, Bruder,
Mach, Bruder, Krach, Bruder,
Hau der Welt aufs Dach !
Trommelschlag: – ·· –
Zeig den Großen, daß du auch ein Luder,
Drum, Bruder, Rum, Bruder,
Knall die Menschheit wach.
Auf und marschieret,
Immer mit dem Steiß voran,
Popolitisieret
Den Klei-nen Mann.

Aus ›Ulla Winblad oder
Musik und Leben des Carl Michael Bellman‹
Zur Melodie von Bellman, Epistlar No. 38

Dies ist der Schäfer-Ast

Zu einem Bilderbuch des Malers Schäfer-Ast

Das Reis am Stecken treibt schon Blätter,
Auf seinem Knie im leichten Wind
Stehn Schafe, die bei Regenwetter
Wohl unter seinem Hute sind.

Mit spitzem Mund und rundem Blick
Behaucht er die Schalmei,
Das lange Haar sprießt im Genick
Wie Schierling und Salbei.

Mit seinen Fingern zaubert er
Verdrehte Melodien,
Und dreht sie hin und dreht sie her
Und wieder her und hin.

Man sagt, die Schäfer lügen gern,
Doch dieser schwindelt kaum,
Nur sieht er schon im Apfelkern
Den ganzen runden Baum –

Und sieht, was keiner sonst gewahrt,
Hört ersten Grünes Schrei,
Das Traumboot und die Mondscheinfahrt
Und Vögel sonderbarster Art
Ziehn leis an ihm vorbei.

Das kommt, weil eines Auges Strahl
Ihm in die Welt nur weht,
Das andre hat er cerebral
Nach innen eingedreht.

Ihr guten Schaf', ich bitt' euch, laßt
Das Blöken kurze Zeit,
Und lauscht, was dieser Schäfer-Ast
Auf seinem Rohr schalmeit.

Wenn man morgens, nachmittags oder abends
Herrn Carl Mayr vor seinem Hause lachen hört –!

Das ist eine Stimme,
Die fröhlich macht:
So läutet die Imme
Am Blütenschacht –!

Nicht viele Stimmen
Sind immer entfacht,
Wie Licht zu erglimmen,
Das lachend erwacht!

Hört man Herrn Carl Mayr
Laut lachen im Flur,
Gleich stimmt sich die Ley'r
Von Moll auf Dur!

Die stummen Stunden
Verschließet im Schrein, –
Den Schmerz und die Wunden
Laßt brennen allein.

Es kriecht aus der Tonne
Der Weise und lacht:
Wen schert's wo die Sonne
Stumm brennt in der Nacht?

Wer stark ist kann warten,
Stets heiter bereit:
Er dient seinem Garten,
Ihm dienet die Zeit.

Oktober-Narr

Oktoberlicht! Oktoberbrand!
Oktobermond. Oktoberland.
Oktoberdunst. Oktoberstrahl.
Oktoberhimmels Frühopal!
Oktoberabends Rauchtopas.
Oktoberlaub. Oktobergras.
Oktobrisch leis, oktobrisch hold,
Oktobrisch rot, Oktobergold.
Oktoberschnee! Oktoberblau!
Oktoberweh. Oktoberfrau.
Oktober-Ruch. Oktober-Traum.
Oktoberfrucht. Oktoberflaum.
Oktoberschrei. Oktoberblut.
Oktoberhirsch. Oktoberwut.
Oktoberrausch! Oktoberflug!
Oktobermost! Oktoberkrug!
Oktoberton – Oktoberschwan –
Oktober-Gott! Oktober-Pan!!
Oktobertod. Oktoberflut.
Oktobersaat. Oktoberbrut.
Oktoberkeim. Oktoberkern.
Glanz, Strahl und Wunsch – Oktoberstern!

Gesang vom bittren Enzian

Bedenk, o Mensch, wenn du aus kleinen eckigen Gläsern
Den klaren Enzianschnaps in deine Gurgel sprengst:
Wie zwischen Felsgeschrot und mageren Alpengräsern
Die Wurzel wuchs, von der du (eh' du denkst)
Den großen Oberbootsmannsrausch empfängst.

Denk, wie sie erst ein sprödes Samenhaar
Und bald ein frostzerbißnes Pflänzlein war,
Und dann, von Sonne, Erde, Dreck und Lauch geätzt,
Vom Durst gewürgt, vom Hagelsturm zerfetzt,
Vom Schnee beladen und vom Reif gebrannt,
Von Raupen, Käfern, Würmern angefressen,
Aus jedem Tode schweigend auferstand,
Und jeden Lebens Jubel still durchmessen.

Denk nicht zu lang an diesen Werdegang –
Ein einzig Rachenputzen, Gurgelbrennen lang –,
Nicht länger: denn das langt, dein fröhlich Saufen
In freudige Herzenstrunkenheit zu taufen.

Und taumelst du dann morgens früh ins nasse Gras –
Wenn hoch am Hang der Schnitter schon die Sense schwingt –,
Dann spürst du Taugenichts, du faules Aas,
Wie kieselhart der gelbe Enzian ringt,
Und auch in dir, den rauschige Luft durchsingt,
Von solchem Ringen ein gerüttelt Maß.

Dämmerkantate

In der Frühzeit gesungen

An einem dämmerblauen Wintermorgen
Verließ ich Wien, die blaue Dämmerstadt,
Und saß im D-Zug, rauchend, sonder Sorgen,
Nur etwas schläfrig und im Nacken matt –

Und dachte all der lichten Dämmerungen,
Die man (im Dämmer, blau) durchwandelt hat,
Vom Hall der Schritte straßenhohl umklungen,
Und oft von süßen Früchten übersatt.

O Glück der heimlichen Vereinigungen!
Und wieder dies Alleinsein hinterher.
Du spürst dich selbst, in Adern, Mark und Lungen,
Und bis ins Haar vom eignen Ich durchdrungen
Weißt du kein Du und keinen Namen mehr.

Das leichte Brennen übernächtiger Lider,
Des Frostes Biß in morgenspröder Haut,
Und viele kühlen Himmel dämmern wieder,
Die unsre frühen Tage angegraut.

Du kennst verrauschter Zeiten Dämmerfernen:
Gleich Wolken zieht der Kinderschlaf vorbei, –
Und wie im Knistern magischer Laternen
Gelebte Träume, Wahn und Buhlerei.

Das dumpfe Frösteln kennst du in den Knochen,
Wenn uns Alarm vom harten Lager riß,
Und in den Tag, der brüllend ausgebrochen,
Wie Scheiter Holz ins offne Feuer schmiß.

Du kennst die Fenster, grünlich angelaufen,
Wenn draußen schon die erste Amsel schreit,
Das Weiter-Schlummern, und das Weiter-Saufen,
Und auch die Andacht, früh-gebenedeit.

Die blonden Strahlen der Vergänglichkeit
Um euer Haupt, geliebte Fraun,
Begleiten unsre Fahrten wolkenweit
Durch Morgen-Dämmer-Graun.

Die Arbeits-Stätte

Von Sonne, Schnee und Regen abgeschlissen
Die breite Bank am breiten Tische steht –
Viel wilde Vögel haben sie beschneet –
Und morgens oftmals nach Gewittergüssen
Sind Lärchenzweige, die der Sturm gerissen,
Wie dünne Geißelschnüre draufgeschmissen,
Und Blüten auf ihr falbes Holz geweht.

Man kann da viele Stunden sitzen
Und kann auch liegen ganz der Länge nach
Und kann im nackten Licht wie Gäule schwitzen,
Bis man – wenn schon die Bäume sich erhitzen –
Ganz vollgesoffen an der Sonne Zitzen
Und farbenblind von ihren Mittagsblitzen
Sich niederwälzt zum Bad im kühlen Bach.

Hier schreib' ich häufig nichts und niemals Briefe
Und selten einen Vers, noch seltner zwei.
Ich habe meine Pfeife mit dabei
Und stopfe sie und klopf' sie wieder aus –
Und denke, wenn ein Gott zur Prüfung riefe,
Dann könnt' ich tun, als ob ich schliefe,
Und keiner brächte das heraus:
Ob ich hier schürfe in des Geistes Tiefe,
Oder nur still im dösigen Einerlei
Des Atmens köstlich faul und -lenzend sei,
Indem ich mich auf Jesu Wort beriefe,
Daß nur, wer gar nichts tut, von Sünden frei.

Wie Milch zum Säuern steht in irdner Schüssel,
So ruht und setzt sich meiner Seele Rahm,
Und nur ein Bremsenbiß, ein Schnakenrüssel
Ist schuld, wenn mir ein Tröpflein Blut entkam.
Ich höre Blätter fallen, Grillen schaben,
Und spüre, wie ein Wind die Blüten stäubt,
Und wie ein Eichhorn in die Pfoten schnäubt,
Weil diese Tiere ja kein Sacktuch haben,
Und manches quillt aus meines Hirnes Waben,
Wogegen sich die Feder sträubt.

Wenn es dann gegen Abend kühler weht,
Und sich die Wiesen voll mit Schatten saufen,
Die Bäche lauter über Steine laufen,
Und zarter Nebel aus den Bäumen steht –
Sagt uns ein Hauch, daß Ruhe nun geboten.
Man trinkt gemächlich den Tiroler Roten
Und starke Schnäpse oder frisches Bier,
Und denkt der Lebenden, der Toten,
Der ersten Ozeanflieger und der letzten Goten –
Bis uns die Nacht betupft mit Katzenpfoten –
Und morgens früh beginnt man wieder hier.

Danksagung an den Bach

Erinnerung an eine Schubert-Melodie

Warst du nicht mein Gefährte
In jener frühen Zeit,
Die vor meinem Hiersein währte,
Von Traum und Vergessen beschneit?

Rauschtest du nicht in den Gruben,
Darin man die Ahnen begrub –
Flüstertest schon durch die Stuben,
Wo das Kind zum Lichte man hub?

Immer umsang mich dein Singen,
Immer dein Eilen mich traf –
Mühlen, die stöhnend gingen,
Geisterten durch meinen Schlaf –

Du trugst mich in binsener Wiege
Schaukelnd und ohne Gefahr –
Blaugrünes Libellengefliege
Wehte mir knisternd ums Haar.

Ach, du zirptest wie springende Gläser,
Du gongtest und dröhntest am Wehr –
Die bebenden Rispen der Gräser
Hingen über dich her . . .

Und die Glocken von deinem Grunde
Erbrausten in magischem Chor –
Du rauntest von Rosamunde
Dem Liebling des Himmels ins Ohr!

Enteile du wieder und wieder!
Verweile du immer und eh!
Vergeh. Vergeh und ersteh
Im silbernen Spiegel der Lieder.

Gelinde Mahnung

Gelinde Mahnung

Die Mauersegler sind schon fort.
Grasmücken sammeln sich zum Fluge.
Leis schwirrt im ersten Vogelzuge
Die Ewigkeit, das Donnerwort.

Still reifend gleich dem Apfelkerne
Spürt auch dein Herz im Schoß der Zeit
Das leise Klirren aus der Ferne
Des Donnerwortes: Ewigkeit.

Und ohne Rast von Ort zu Ort
Gehn leise Sohlen um die Erde.
Erschauernd lauscht die stumme Herde
Der Ewigkeit – dem Donnerwort.

Beim Anblick des Mainzer Doms

Für Gertrud von Le Fort

Wohl hat Dich Menschengeist geformt in tausend Jahren,
Doch was ist Menschengeist? Ein Hauch von Geistesstürmen,
Wie sie aus Weltenferne niederfahren
Und leise brausend wehn von Deinen Türmen.

Wie spricht zu mir Dein rötliches Gestein.
Was faßt mich an aus Deinen Gräberplatten –
Was atmet durch den Kreuzgang in mich ein,
Was raunt im Chorgestühl, im Säulenschatten –?

Wohl hat Dich Menschenkunst gefugt, nach Todesbränden
Erneuernd stets Dein Bild im Bilderstrome,
Wohl bist Du Werk von bildnerischen Händen –
Mir bleibst Du immerdar der Dom der Dome:

Ein Sinnbild und ein starker Hort zugleich
Schenkst Du uns Einkehr, Schönheit und Erbarmen.
Im Überdauern stehst Du glorienreich,
Und kommt das Ende, stirbst Du mit den Armen.

1970

Sonett von den Engeln

In diesem Sommer voll von blauen Tagen
Sah ich im Himmel oftmals Engel fliegen
Und sich im Abendwind prophetisch wiegen,
Von weißen Wolkenschwingen sanft umschlagen

Und manche gleich dem Fisch, von Schaum getragen,
Beschuppt mit Silber, süß die Flanke biegen –
So lieblich wie Delphine spielend fliegen
Flog ihr Gelock, und lockte im Entjagen...

Schwebst, die ich meine, du, im Engelskleid
Ob meinem Haupte, warnend oder weckend –
Und manchmal fürchterlich wie Nachtgejaid

Aufbrüllend, gellend, aus dem Schlummer schreckend –
Dann wieder stumm das unbekannte Leid
Mit deinem schwarzen Fittich ernst verdeckend –?

Fülle der Zeit

Des Sommers Mitte, halb schon überschritten,
Umspannt das Land mit Bögen seiner Pracht,
Durch die Augustus donnernd eingeritten –
Sternschnuppenschwärme folgten ihm zur Nacht –

Und all die frühen Früchte sind geerntet,
Das Korn geschnitten und das Gras gemäht.
Die Blumen, die ihr frühlings nennen lerntet,
Sind längst verweht und welkend ausgesät.

Hat je ein Duft wie Abendphlox geduftet?
Blaut' je ein Tag so tief wie Eisenhut?
Sind nun die Sinne wurzelhaft entgruftet
Und trinken, vollmondgleich, aus reifster Flut?

Erfüllte Zeit! Wir opfern deiner Fülle,
Die uns mit Nächten ohne Stern umschwarzt.
Doch bald macht uns des Herbstes große Stille
Um so viel reicher, als du ärmer wardst.

Gang im Gewitter

Die Sonne sticht durch Tann und Laub.
Der Schatten schwelt wie brauner Staub.
Heiß knistert Harz und Rinde.
Die Farne starrn wie Blinde.
Die Mücke sirrt, die Unke klirrt.
Rotwürger tief am Boden schwirrt –
Nach Haus!

Glühweiß der See wie heißes Blei,
Vom Tümpel dünstet Algenbrei –
Die Häher kreischen bange.
Ein Bussard jammert lange.
Die Berge wachsen traumesnah.
Die Bäume stehn wie Mörder da –
Nach Haus!!

Schon Sturmes Stöße kalt und schwarz.
Zu Häupten orgelt Baumgeknarz.
Die Wiesen rillt ein rascher Kamm.
Grellgelb im West ein Wetterflamm!
Jetzt brüllt und schmettert Nachtgetös.
Daß uns ein Wort vom Tod erlös:
Nach Haus –!

Das Wetter prallt ins offne Land.
Aus Wolken bricht's wie fahler Sand.
Die Kühle weht vom nassen Kraut.
Der Nebel braut. Der Wind verflaut.
Heusüße raucht aus Stadeln auf.
Der Regen singt im Dachgetrauf –
Zu Haus.

Der leuchtende Herbst

Wie manche Herbste blau und mild
Den Strom hinuntergleiten
Und gleich der Frau im Gnadenbild
Fernher die Arme breiten –

So ritt er ein in diesem Jahr
Auf nassem Gaul mit wildem Haar
Und Schaum vor Maul und Nüstern,
Und flockte Schnee und brockte Eis
Und sprengte früh Kristallgegleiß
Auf Ahorn, Linden, Rüstern.

Der Regen spann die Wälder ein
In kühlen fremden Silberschein,
Und oft das Herz voll Bangnis lauscht,
Wenn Regen nachts in Wiesen rauscht,
Wie Seide sich im Luftzug bauscht –

Dann kam der Wind! und machte hell!
Die Wolken jagten falkenschnell,
Die Sonne quoll durch Nebelstaub,
Entbrannte Welt! Entflammtes Laub!

Schon kreischt die Drossel beerentoll!
Holunder strotzt zum Bersten voll
Mit rötlich schwarzen Dolden,
Und Ahorn fiebert golden!

Obstbäume funkeln kupfrig rot,
Zinnober von den Eschen loht,
Und nie so tief auf Erden schien
Purpur, Karmin und Karmoisin!

Ja, nie noch war ein Herbst wie der
Von Licht und Leuchte trunken,
Und nie noch schrie der Wald so sehr
Sein Leben aus voll Glutbegehr,
Schon halb in Tod versunken.

So lichtverzückt und glanzentrückt
Stob nie des Tags Gefieder –
So liebesfeucht voll Traumgeleucht
Troff Dämmrung nie hernieder.

Die Erde liegt im Finstern wach
So wie ein Mann aus Liebe schwach,
Indes sein Puls vor Sehnen fliegt,
Ganz still am andern Leibe liegt,
Von Duft und Wärme überschäumt,
Und in der Frau die Mutter träumt.

Der kranke Bauer im Frühling

Er schleppt am Feldrand sich entlang,
Sein Schritt ist müd, sein Auge bang.

Die Hand, die Seil und Schar geführt,
Nur mühvoll noch den Gehstock rührt.

Er sieht das Korn im ersten Schuß
Und denkt: wie bald es fallen muß.

Er hört den Kuckucksschrei vom Wald
Und denkt: auch du verstummst nun bald.

Er hebt voll Schauern wie ein Kind
Die Nüstern in den Abendwind

Und schnuppert Apfelblütenduft
Und wittert Regen in der Luft

Und spricht, indes die Knie ihm beben:
Herr Gott!
Laß mich noch diesen Sommer leben.

Am Wegmal trabt er scheu vorbei,
Macht rasch der Kreuzlein heilig Drei.

Den Unken lauscht er ganz verstört,
Als ob er Grabgeläute hört.

Die Kinder übern Mühlbach schrein,
Ihr Johlen rennt ihm hinterdrein:

»Der hat die Sucht und ist bald hin!«
Er denkt: das hab' ich selbst geschrien...

Nun tropft das Licht wie gelber Seim.
Die Knechte kehrn zum Nachtmahl heim.

Am Brunnen lang der Kranke sitzt,
Darin der letzte Sonnstrahl blitzt –

Und spricht, indem sein Herz verzagt:
Herr Gott!
Daß mir der Tag noch einmal tagt –!

Der Woilach kratzt, die Kammer dumpft.
Das Öl im Lämpchen tagwärts schrumpft.

Er hört auf nackten Sohlen den
Sohn aus der Mägdekammer gehn –

Und bittrer Zorn die Wang' ihm netzt,
Weil ihn die Unmacht ganz zerfetzt.

Dann hockt er still im Bett und lauscht:
So hat der Bach noch nie gerauscht –

So rief der Kauz noch nie – und so
Noch nie die Nacht vorm Lichte floh.

Ein kühles Graun sein Herz betupft.
Die magre Hand am Deckbett zupft.

Er spricht – dieweil der Weckhahn schreit –:
Komm, guter Freund. Ich bin bereit.

Die Bahnwärtergärtlein

Bahnwärter sein, ein Wunsch aus Kindertagen:
Wenn abends rasch der letzte Zug vorbei
Und hinterm Walde wie mit Angstgeschrei
Verschluckt wird von des Berges Maul und Magen.

Dann tritt der Streckenwärter vor sein Haus.
Noch schwebt von Kohlenrauch ein zarter Nebel.
Die Schiene klirrt – metallisch klickt ein Hebel.
Er knipst die rote Weichenlampe aus

Und gießt im Schein des milden Dämmerlichtes
Sein Stückchen sonndurchwärmtes Gartenland
Und häufelt ernst und heiteren Gesichtes
Die feuchte Erde mit besorgter Hand.

Dem, der im D-Zug viele Länder streift,
Fällt es am Fenster lehnend oftmals auf,
Daß nirgendwo die Frucht so üppig reift
Und Blatt und Blüte wuchern so zu Hauf

Wie in den kleinen Gärtlein an der Strecke,
Umfleckt von Kürbisgelb in krautigem Grün,
Gesäumt von Schneeball und Ligusterhecke,
Berankt von Bohnen, welche feurig blühn.

Wie schießt der Lauch, wie wiegen sich die vielen
Gefüllten Malven auf den schwanken Stielen!
Wie klettern kleine Rosen hoch empor,
Wie leuchtet Riesenmohn und Lilienflor!

Tomatenpflänzchen, kaum erst ausgetopft,
Sind am bemalten Gatter hochgebunden,
Und edle Zweiglein, ins Spalier gepfropft,
Mit Bast und Baumwachs schonungsvoll umwunden.

Kein Blatt von Rost und Flecksucht angekränkelt.
Kein Biß im Kohl, kein Schnecklein im Salat.
Und ist ein Mistbeet frisch von Tau besprenkelt,
Scheint es bestickt mit Spitzchen junger Saat.

Die grelle Hitze wird sie nicht versehren.
Kein Regen schwemmt die dünnen Wurzeln los.
Die Büsche tröpfeln von Johannisbeeren,
Und Knoll auf Knolle schwillt im lockren Schoß.

Ist es ein Zauber, der hier wirkt und treibt?
Der Erde Zittern – wenn die großen Züge
Zur Ferne hasten – und die Selbstgenüge
Des guten Wächters, der im Lande bleibt?

An die Rotweinflecken
auf dem Tischtuch in einem französischen Restaurant

Ich sehe euch mit ernster Freude an
Und schieb' den Teller weg, der euch verdeckt.
Mein erster Schluck dem unbekannten Mann,
Dem es vor mir an diesem Tisch geschmeckt!

Aus euren lilablau zerlaufnen Rändern
Schaut ihr mit sanft verträumtem Trinkerblick,
Und gleicht dem Schattenriß von fremden Ländern,
Von Madagaskar oder Mozambique.

Noch ist mein Platz bestreut mit goldner Krume
Des Brots, das man bedächtig brach und aß.
Du Land voll Wohlklang und Burgunderblume,
Gleichst du noch immer jenem Königtume,
Das einst sein Fürst nach Fudern Wein bemaß?

Du spätes Land, bespielt von Abendstrahlen
Aus reifer Sprache buntem Prismenglas,
Wo Genien, Zaubrer, Zollbeamte malen,
Und wo selbst Gott sein Himmelreich vergaß!

Ich sah dich stahlzerfetzt und blutbegossen,
Ich lag an deinem Leib in Angst und Weh –
Vielleicht war der, der mich so schwer beschossen
Der freundlich-wohlbeleibte Sommelier –?

Und trank ich nicht aus deiner Tränenquelle,
Und litt ich nicht mit dir die Sterbenspein?
Ach, Schwesterland – ich knie an deiner Schwelle
Und küsse jeden Fleck von Blut und Wein!

Er schenkt mir ein. Es sprüht vom Flaschenmunde.
So trinke, Tischtuch! Trink die Libation!
Der Fremdling neigt sich deiner holden Stunde
Und macht sich nordwärts, nebelwärts, davon.

1936

Einst werden sie sagen

Einst werden sie sagen: der alte Zuck,
Der lebte in wendischen Zeiten.
Oft ging es ihm herrlich, oft war er im Druck –
Bald im Wolkenflug, bald im Schneckenzug –
So schweift er im Engen und Weiten –
Sah die Welt von verschiedenen Seiten.

Auch war er, so heißt es, recht häufig bezecht.
Ja, sag ich im Grabe, – da habt ihr recht.

Die Welt, wird man sagen, war damals noch dumm.
Und ohne methodische Leitung.
Man schlug sich um Rohstoff und Märkte herum,
Man brachte einander zu Tausenden um,
Und keiner wußte so richtig, warum –
Das erfuhr man dann erst aus der Zeitung.

Wintervögel

Kommt der erste Schneesturm angeschnoben,
Hängt der Talgring schon am Giebel droben.
Sorgt euch nicht! In einem trocknen Eckchen
Baumelt prallgefüllt das Erdnußsäckchen.
Sonnenblumenkern mit Hanf und Lein
Werden reichlich vor dem Fenster sein.

Da der Kleiber taktstockmäßig klopft,
Läßt die Haubenmeise, spitzbeschopft,
Ihren wirschen Flötentriller los,
Und der Grünling kreischt tempestuos.
Weht ein Zirpen aus dem Schwarzgetann,
Welches nur ein Goldhähnchen sein kann.

Mit der Fastnachtsmaske vorm Gesicht,
Denkt die Blaumeise, man kennt sie nicht!
Stolz der Dompfaff wölbt den roten Bauch,
Und der Bergfink seinen bunten auch.
Glaubt man Blut auf falbem Flaum zu sehn,
Dürfte sichs um einen Hänfling drehn.

Ach was hat dies Rotkehlchen verführt,
Daß es nicht den Drang zum Wandern spürt!
Andre seinesgleichen schnalzen jetzt,
Wo der Kalif Storch den Schnabel wetzt.
Doch vielleicht auch ließ man sie bereits
Bruzzeln in der italien'schen Schweiz.

Dicke Amsel auf dem kahlen Ast,
Wo du jetzt noch deinen Schmer her hast?
Oder plusterst du dich nur aus Wut,
Wenn du siehst, was sich im Rinnstein tut?
Unbestritten hält dort seinen Platz,
Wie im Sommer, der gemeine Spatz.

Hundertmal das Hälschen ausgereckt,
Eh den Schnabel man ins Futter steckt!
Lautlos schleicht der Katzenfuß im Schnee,
Und der Stößer kreist in Wolkenhöh.
Viel zu viele gehen drauf alljährlich.
Paßt nur auf! Das Leben ist gefährlich...

Doch ihr wißt, daß man dem schwarzen Mann
Hinterm Fensterkreuz vertrauen kann.

Einläut zu einem Vers-Spiel
›Das Henndorfer Paradiesgärtlein‹

LAETARE *ein Mann mit Weiden- und Birkenreisern, als Zeichen des Frühlings, steht am Glockenstrang:*

Freut euch, ihr Leut: Bald braust ein groß' Geläute!
Das Paradies tut euch sein Pförtlein auf.
Drin findet jeder, was zutiefst ihn freute,
Was ihm zuhöchst erschien in Lebens Strom und Lauf.
Denn Freude heißt, was unser Herz vergottet!
Viel mehr als Glück, das stets vorm Ende bebt.
Es stirbt, was zagt und bangt, was klagt und spottet.
Dies aber sei euch kund: *die Freude lebt!*
Denn Freude heißt, was ewig sich verschwendet.
Denn Freude heißt, was brennt und nie verbrennt.
Denn Freude heißt, was anbeginnt und endet
In jenem Licht, das keine Maßen kennt.
Du weites Licht, das Welt mit Welt verkettet –
Furchtbares Licht, das uns mit Blindheit schlägt –
Du mildes Mondlicht, das die Toten bettet –
Du Lichtlein, das ein Kind im Finstern trägt –
Du süßes Licht auf Wildnis Wassern Wiesen –
Auf geistverklärter Stirn Du stummes Licht –
Du Licht auf Augen, die sich brennend schließen –
Du Strahl der aus des Wortes Wolken bricht –
Du Schöpfer Licht! Du Macht, die weckt und wettert,
Die sprengt und fesselt, gnadet und zerschmettert,
Die in der Krume keimt, im Odem schwebt,
Vor der das Herz in Furcht und Hoffnung bebt –:
So lang Du Dir kein ander Namen zugetan,
So red' ich als noch Dich mit HERRGOTT an!
Ja Du hast Leid und Freude uns geschenkt,

Von Deiner Kraft ein Korn in uns versenkt,
Auf daß wir aus des Zwiespalts Bitternissen
Den Weg ins Paradies zu finden wissen.
Und so wir wandern hier im dunklen Rund,
Sei Du bedankt für jede Wegesstund.
Er beginnt den Glockenstrang zu schwingen
Freut euch, ihr Leut! Die gute Zeit bricht an!
Der grimmig Winter hat sein Spiel vertan!
Ob jeder Grabstatt flügelt Osterlicht!
Freut euch, ihr Leut! Und banget fürder nicht!

Salzburger Nachtphantasie

Eine Improvisation für Max Reinhardt

Vom Augustiner-Bräu, vom Peterskeller / Vom Bier gesättigt und vom Wein geletzt / Die Pulse jagen und das Blut rinnt schneller / Des Herzens Wunderlampe leuchtet heller / Laterna Magica der Phantasey / Und Witz, der seine Zung am Gaumen wetzt / Verkappt sich als des Geistes Konterfei / Sein Ton wird schärfer und sein Lachen greller / Da plötzlich reißt ein Blitz die Nacht entzwei / Aus allen Lüften hallt es wie Geschrei / Verstoßner Engel, die ins Dunkel taumeln / Und gleich Gebeinen, die am Galgen baumeln / Dreht sich im Geisterwind die Zeit: Vorbei – Vorbei – –

O alte Stadt voll immer jungen Lichtes / Wie labst du uns mit Faustens Zaubertrank / Und zwischen Reim und Zeilen des Gedichtes / Glüht heimlich deines Herbstes Laubgerank / Von steilen Dächern schimmert's mondbegossen / In weiten Höfen murmelt's wie Gebet / Und brunnenrauschend, und vom Strom durchflossen / Des Steines Werkmal stumm die Zeit besteht / Versunknes Grab, verborgne Katakomben / Und leise Gärtlein unter Himmels Tromben / Beseßne Hexen juchzen teufelsgeil / Die arme Seele schluchzet todverlassen / Wann heiter lärmend in Getreidegassen / Geschäftig drängt des Alltags kurze Weil /

Was haucht uns an? Was weht uns durch die Haare? / Sprang nicht ein schwarzer Pudel übern Weg? / Wir folgen schauernd einer Totenbahre / Die trappt und schwankt auf nachtverhangnem Steg / Zum Gottes-Acker Sankt Sebastian / Der Theophrasti Erdenrest behauste / Aus allen Winkeln flüstert's: Fauste – Fauste – – / Aus allen Schatten wollen Geister nahn / Ruhlos-verdammt zu ewigem Himmelsdurst / Und mit des Hohnes Peitsche treibt sie an / Der Wider-Geist: der höllische Hans-Wurst!

Da schlug die Uhr. Da schrie der Morgenhahn! / Der Geistersabbat war verrauscht, verflogen / Es stieg die Nacht im großen Sternenbogen / Und Glocken huben an auf breiten Wogen / Und jubelten, und brausten himmelwärts / Wie klein die Welt! Wie groß des Menschen Herz! / Wie groß die Welt! Wie klein des Menschen Streben! / Wie schal der Zweifel, und wie dumpf der Spott! / Kann zwar nicht jedermann mit seinem Teufel leben / Doch atmet keiner ohne seinen GOTT –!

Sinngedicht
von der Worte Nichtigkeit

Rede nie, wenn dich die Kinder fragen,
Von den Dingen, die du heimlich weißt,
Wähne nie, du könntest ihnen sagen,
Wie der Name deines Gottes heißt,
Denk, die Nebel, die den Berg umtarnen,
Weichen nur dem Blick, der sie zerreißt –
Doch vergiß nicht, vor der Liebe sie zu warnen,
Welche wie ein Geier uns umkreist.

Glaube nicht, du könntest Wege weisen,
Wo der Triebsand rasch die Spur verweht,
Hoffe nicht, du könntest Glück verheißen,
Wenn der schmale Mond im Osten steht,
Schweig von Algen, die den See vergarnen,
Schweig vom Segen, der die Früchte mehrt –
Nur vergiß nicht, vor der Liebe sie zu warnen,
Welche uns wie Äther ganz verzehrt.

Ja bedenk, wenn dich die Kinder fragen,
Wieviel Worte du vom Leben weißt,
Prüfe wohl, ob du kannst *eines* sagen,
Das dir nie der Jahre Seil zerschleißt,
Schweig! Und wolle nicht der Brandung wehren,
Welche Stück um Stück vom Lande reißt,
Doch vergiß nicht, jene Liebe sie zu lehren,
Die Vermächtnis und Erinnrung heißt.

Petri Kettenfeier

Ich glaubte selbst ich sei gebunden –
Doch plötzlich weiß ich mich befreit –
Jetzt bin ichs los! hab überwunden!
Und was mich gestern noch geschunden,
Scheint heut schon mild und wolkenweit.
Sankt Peter, sei bedankt.

Stab auf! Stab auf! Die Eise bersten –
Die Knospe platzt in göttlichem Schmerz –!
Schon braust die Wölbung von den ersten
Starschwärmen, und aus Gipfelhörsten
Schreit, wie ein Baumfalk, mein befreites Herz!
Sankt Peter, sei bedankt.

Und wenn mir jetzt am Tore Wer begegnet
Und fragt: »Quo vadis?« – Ich entgegne laut:
Dorthin wo Deines Himmels Liebe regnet
Und seine Sonne dunkles Leben segnet
Und seine Nacht den Wein der Gnade taut...
Sankt Peter, sei bedankt.

Silvester-Spruch 1933

Das alte Jahr zu Ende geht,
Das neue vor der Türe steht.
Das mag ein gut Jahr werden!!
Der Nebel in der Heide stockt.
Der Leuchtturm hinterm Nebel hockt
Und hält die Wacht auf Erden.

Es ruht das Meer, es schläft das Watt.
Die Wildgans schläft, von Muscheln satt.
Das Wachs tropft von den Lichtern.
Wir trinken unsern Portwein still.
Mag kommen, was da kommen will!
Der Himmel helf den Dichtern!

Aus dem Stegreif, Neujahrsnacht 1932–33,
Kampen auf Sylt

Ratschlag für gutes Trinken

O trinke nie um etwas zu vergessen.
Es sinkt nur um so schwerer in dich ein.
Und trinke lieber bei und nach dem Essen:
Zuerst ein klarer Schnaps. Dann Bier. Dann Wein.

Viel besser ist, beim Trunk sich zu erinnern.
Die Seele spinnt, wenn man gelassen säuft,
Ein zart Gewebe, gleich den Seidenspinnern,
Dieweil die Rede hin und wider läuft.

Zwiefache Gnade ist, zu zweit zu trinken,
Und sich die höchste Freude anzutun,
Bis dann die beiden auf ein Lager sinken,
Wo sie gesättigt miteinander ruhn.

Am besten trinkt sichs in vertrautem Kreise,
Um einen Tisch gesellt, daran man lang
Und müßig sitzt, mit faulem Fleiße
Einander steigernd bis zum Pansgesang!

Vermeide stets, dich einsam zu besaufen,
Und laß es bleiben, wenn du traurig bist.
Doch laß getrost dich voll und voller laufen,
Wenn dir so ist, wie mir es immer ist.

Hör auf, wenn dir im Kopf die Bienen sausen,
Hör auf, wenn Ärger oder Scham dich plagt.
Doch segne jenes ungeheure Brausen
Windstiller Nächte, kurz bevor es tagt.

Dann mag geschehen, während Fensterscheiben
Wie Gletscher blühn im ersten Morgenstrahl,
Daß Worte dir und Bilder sich verleiben,
Und dir für immer eingebildet bleiben,

Wie eine unverrückbar heilige Zahl.

Der infernalische Trunk

Der letzte Blitz ersäuft im Regenmeer.
Es rauscht die Nacht am schwarzen Wolkenwehr.
Auf Wäldern stampft die schwere Finsternis.
Im Fenster fletscht ein tolles Wolfsgebiß.

Im dunklen Zimmer knackt der leere Schrank.
Vergossner Wein befleckt die Ofenbank
Wie altes Blut. Den roten Vorhang hebt
Ein Hauch der aus vergessnen Urnen schwebt.

Bring Schnaps! Schenk ein! Das bittre Totenwasser!
Den Leichenwein! Das bleiche Sakrament!
Der Hölle Quellgetränk! Die Milch der Prasser!
Das Harz vom Sündenbaum der infernalisch brennt!

Bleib, fremder Geist, und knistre nicht vorbei!
Was lebt verbrennt. Was tot ist mag verweilen.
Dich weht in Rauch der erste Hahnenschrei.
Mich ritzt der Tag mit neuen Geisterpfeilen.

O schenk mir kühlen Mond und blaue Morgenstund.
Laß Nebel dampfend aus den Wiesen wallen,
Und all das blinde Strömen von der Bäche Grund
Noch einmal totensüß auf meine Augen fallen –!

Henndorf, August 1926

Ratschlag für gutes Rauchen

Rauche mit Andacht. Rauche mit Genuß.
Das Rauchen ist kein hastiges Beginnen.
Man rauche, weil man will, nicht weil man muß.
Du darfst dich, rauchend, auf dich selbst besinnen.

Du selbst. Ich selbst. Und um uns her die Erde.
Und über uns, in uns, Unendlichkeit.
Was raucht, verbrennt, damit es ewig werde.
Du schaust der Wolke nach, und riechst die Zeit.

Wer weiß nicht von geheimen Zigaretten,
In seiner Jugend Neugier hingepafft,
Von süßem Schwindel, sündigen Toiletten,
Und von der Sehnsucht, grün und knospenhaft.

Ach, und das Brenzeln jener scharfen Knaster,
Ach, und das Schwälen, einer Zündschnur gleich,
Ach, und die Torheit, die verzagten Laster,
Ach, sind wir arm. Ach, war'n wir immer reich!

Der Krieg war aus, und man begann zu leben,
Vorstufig, larvenblind. Doch jemand hat
Mir damals eine Partagas gegeben.
Ich war der Reichste in der ganzen Stadt.

Man lernt zu rauchen, und man lernt zu denken.
Was wäre beides, wär die Liebe nicht.
Beladen gehn wir mit den Urgeschenken,
Den dunklen Trauben, wie mit Goldgewicht.

Wenn du Importen rauchst von edlem Blatte,
So fächle mit der Hand den ersten Duft
Zur Nase hin, bevor das gaumensatte
Arom sich mengt mit eigner Atemluft.

Das karge Rauchen gilt es hoch zu loben!
Der kleine schwarze Stumpen ziert den Mann,
Der, wenn der heiße Funkenschwall zerstoben,
So wie die Pfeife oft erlöschen kann.

Virginia und Brissago anzuzünden,
Erfordert Übung und ein Gran Geduld –
Geduld der Ströme, bis ins Meer sie münden,
Geduld des Kalkschlamms in der Meere Grund.

Es trinkt der Häuptling in bedächtigen Zügen
Den Rauch des Friedens aus dem Calumet,
Mein roter Bruder, stark im Selbstgenügen,
Und gleichen Muts noch auf dem Sterbebett.

Daß ihn die Wolken doch wie Adler trügen,
Wenn er nach Norden zieht, den Fluß empor,
Um aus korallenroten Steingefügen
Den Ton zu schneiden für das heilige Rohr.

Und wenn vom Pfeifenkopfe bläulich kräuselt
Der zarte Dampf, der magisch uns verlockt,
Seh ich den Häuptling, den die Nacht umsäuselt,
Im Flackerglutschein, drin er sinnend hockt.

So hockt und schmaucht in östlicher Synode
Der »Tschibuktürke überm Ladenschild« –
Es raucht der kranke Dichter sich zu Tode,
Im Liede spiegelnd sein erstorbnes Bild.

Rauchopfer waren stets der Opfer reinste.
Der lichte Streifen steigt zum Firmament,
Dieweil der größte Dank, der Bitten kleinste
Zu weißem Staub verascht, der nicht mehr brennt.

Am Ende bleibt von allem, was beginnet,
Nur noch die Asche und ein milder Rauch.
Und auch von dir, der rauchend sich besinnet,
Bleibt nur ein Hauch. Doch immerdar – ein Hauch.

25. Februar 1970

Die drittletzte Strophe enthält ein Huldigungszitat aus Franz Werfels Gedicht ›Tschibuktürke‹

Totenlied für Klabund

An Deine Bahre treten,
Klabund, in langer Reih,
Die Narren und Propheten,
Die Tiere und Poeten,
Und ich bin auch dabei.

Es kommen die Hamburger Mädchen
Samt Neger und Matros,
Wo werden sie jetzt ihre Pfundstück
Und all die Sorgen los?

Es kommen die englischen Fräuleins,
Wie Morcheln, ohne Kinn,
Wo sollen denn die Armen jetzt
Mit ihrer Unschuld hin?

Es kommt am Humpelstocke
Der Leierkastenmann
Und fängt aus tiefster Orgelbrust
Wie ein Hund zu heulen an.

Es kommt der Wilhelm Fränger,
Die Laute in der Hand,
Aus seinen Zirkusaugen rinnt
Statt Tränen blutiger Sand.

Es kommen alle Vögel
Und zwitschern ohne Ruh,
Sie decken Dich wie junge Brut
Mit flaumigen Federn zu.

Es kommt ein Handwerksbursche
Mit rotem Augenlid,
Der kritzelt auf ein Telegramm-Formular
Dein schönstes Liebeslied.

Es kommt auf Beinen wie ein Reh
Ein dünner grauer Mann,
Der stellt die Himmelsleiter
Zu Deinen Füßen an.

Freundlicher Dichter

I

Freundlicher Dichter, Dir haben die Eltern oder
Das gute Geschick Vornamen zugelegt, fast wie einem
Sohne des Johann Sebastian. Dein Gesicht auch könnte
Dem Bruder des Novalis angehören, oder dem
Wackenroder, auch dem nächtlich wachenden
Bonaventura, und ein wenig, Gottlob,
Dem Taugenichts. Denn Du gehörst zu ihr,
Zu der geheimen Brüderschaft. Die aber weiß
Von der Geschöpfe großer Traurigkeit, und von
Den Wonnen ihrer heilig-trunkenen
Liebesfeste. Vom feierlichen Kreischen
Beim Zug des Dionysos, und von dem Ratschen
und Schnarren der niederen Dämonen. Auch das tiefste,
Das Schweigen,
Das vor dem Anfang war und nach dem Ende sein wird,
Ist Dir vertraut. In ahnungsvollen Schauern magst Du
Dem priesterlich reinen, einstimmigen Gesang
Der Sterne lauschen.
Doch was der Menschen Antlitz
Gemein und niedrig macht: der Neid, der süchtige Kleinmut,
Ohnmacht und Rachbegier, der Haß, das lästerlich verkehrte
Spottgesicht, böse und gnadenlos,
Ist deiner Augen Spiegel unbekannt und wird ihn niemals
Trüben. Ach, Freundlichkeit
Ist unsre stärkste Rüstung, unverrostbar, und ein leichtes
Wanderkleid. So trag sie durchs Jahrhundert, freundlicher,
Freundwilliger Bruder unter Mond und Sonne.

II

Wenn man ein halbes Jahrhundert
Als Humanist gelebt,
Und sich noch immer wundert,
Wieso die Erde schwebt,
Gleich einer Seifenblase,
Die einst ein Gotteskind
In heiterer Ekstase
Verspielt im Sternenwind
Von einem Strohhalm hauchte
Und dann sofort vergaß,
Den Strohhalm wieder tauchte
Ins nimmer leere Glas,
Daß neue Kosmen schweben
Gelenkt von fernem Strahl,
Darauf Geschöpfe leben
In Lebens Lust und Qual –
Und wenn man, schon ergrauend,
Doch immer wieder staunt,
Weil aus den Wolken tauend
Im Laub der Regen raunt –
Und wenn Dir immer wieder
Die Brust voll Bangnis klopft,
Das heimlichste der Lieder
Von Deinen Wimpern tropft –
Und wenn Du ganz vertrauend
In jeder Not und Angst
Doch immer aufwärts schauend
Nach Wiederkehr verlangst –
Und immer wieder fühlest
Ehrfurcht, Erschütterung –

Und nie Dein Herz abkühlest:
Dann bleibst Du ewig jung.

Für Ludwig Emmanuel Reindl
zu seinem 50. Geburtstag

Der Bassermann

Geschrieben in der Emigration
zu seinem 75. Geburtstag, 30. August 1942

Als Gott sich einst auf sein Konzept besann,
Den Mann nach seinem Ebenbild zu machen
(Doch das Ergebnis, leider, schien zum Lachen) –
Griff er zum besten Lehm und schuf den Bassermann.

Er sparte nicht. Er gab ihm Salz und Feuchte,
Humor und Geist, die Fülle der Natur,
Und mischte in der Augen tief Geleuchte
Ein Tröpflein Leid, ums Leid der Kreatur.

Er trug ihm auf, ein Spiegel uns zu werden,
In tausend Bildern deutend Menschlichkeit,
Und darzutun, mit seinem Weg auf Erden,
Daß Herzens Adel siegt, in jeder Zeit.

Dein Werk, o Herr, gelang. Wir danken heute
Dem guten Genius, der es einst begann,
Und fühlen selber uns als bess're Leute,
Atmend die gleiche Luft mit Albert Bassermann.

Gruß an FU

(Dem Dichter Fritz Usinger in Friedberg
zum achtzigsten Geburtstag)

Friedberg. Des Friedens Berg. Die Burg. Das stille Haus.
Ist es nicht höchstes Glück: daheim zu bleiben?
Den Weisen zieht es nicht ins wüste Treiben.
Durchs Fenster breitet er die Blicke aus

Und sieht, und schaut: des Taunus milder Hang,
Beblühter Graben, das Vorübergleiten
Des Schwalbenflugs. Ein Feldweg dehnt sich lang
Ins Unermeßne. In Unendlichkeiten.

Da ist, was west und nicht verwest,
Das WORT, – Dir wards lebendig.
Und wenn Du sinnend in den Abend gehst,
Bist Du am Ziel: verströmend noch beständig.

Das Altern

Man sagt: es wird uns nichts geschenkt.
    Jedoch das Altern
Mag jene Gabe sein, von der es heißt, daß sie den Seinen
Der Herr im Schlafe gibt. Im Schlafe nämlich
Vollzieht sich unsres Lebens beßrer Teil.
    Schlafend sind wir
Ins Netz der unbekannten Kräfte eingewoben,
Darin sich das Gewesene und das Künftige,
Die Fäden kreuzend, hin und her vertauscht.
    Sind wir im Schlafe nicht
Dem Elemente gleich, dem Wasser, das, verdunstend
    und verströmend,
Von Meer zu Wolke, Regen, Quell und Meeren,
Sich selbst erneuernd, stets das Gleiche bleibt?
Was wir am Tag vertun – in müßigem Eifer
Die Schöpfung nachzuschöpfen uns erschöpfend –,
    Wird uns im Schlafe
Doppelt zugetan. Ach, einem Saatkorn gleichet
Der Schlafende, und einer Wurzel, mehr noch einer Puppe,
In der die Wurmgestalt der Raupe sich zu lockerem Saft zerlöst,
Um dann in rätselhafter Stoffeswandlung
Mit Augen, Fühlern, Flügeln und Geschlecht
Neu zu erstehn. Auch das Erwachen
Ist oft ein Riß, das Sprengen einer Hülle, und der Schmerz
    Erlittnen Zwanges. Denn Erleiden
Im Zwang, und Handeln im Zwang, und Wesen und
    Sich-Wandeln
Im Zwang bestimmten Ablaufs: das ist unser Leben.
Es zu bemeistern heißt: sich mit dem Zwang zu messen
Und ihn im Widerstreit, doch ohne Widerstreben,
Umformen zum Gesetze, das dem Geiste dient.
    Das Altern aber

Geschieht im guten Schlaf, wie alles Leichte
Und Gnadenreiche. Wie der Sommer sich
Zum Herbste neigt. In später Tage
Mildem Blau verdämmernd. Wie die volle Traube,
Erst von Reife leuchtend, dann von der Nebelsonne
Silberdunst beschlagen; erst von Säften
Fast berstend, dann in dunkler Glut
Des trächtigen Oktobers gleichsam nachgekocht,
Die letzte ausgesparte Feuchte zum Gedicht
Des großen Weins verklärt:
  So taut die Mittagsreife
Auf Deinen Scheitel, dem der bittre Lorbeer
Längst gebührt.
  Der ihn Dir aber windet
Mit allzu leichter Hand – er findet,
Daß nur die Trägheit sich des Reims entschlägt
(Es sei denn in der Hymne heiligem Laut) –,
So wandle Du, der schon den Lorbeer trägt,
Dieweil ihm noch des Lebens Mittag blaut,
Dekadenlang im unsichtbaren Schmuck.
Und mögen wir dereinst selbander
Zu jener schönen Melodie von Gluck
Den seligen Reigen tanzen. Dies, mein Alexander,
Wünscht Dir, und sich, Dein Freund
  der ›Dischder‹ Zuck.

Für Alexander Lernet-Holenia
zu seinem fünfzigsten Geburtstag,
am 21. Oktober 1947

Trinkspruch
für Gerhart Hauptmann

Zu seinem siebzigsten Geburtstag,
am 15. November 1932

Laßt mich das Glas erst leeren,
Das mir die Zunge locker macht:
Ich möcht' ihn schallend ehren,
Doch stockt der Korb im Förderschacht –

    Denn Mannesdank und Liebesglück
    Hält man im Herzen gern zurück.

Ach, wie mit armen Worten –
Ihn, der der Worte Meister ist,
Des Wort uns aller Orten
Der Dinge Sinn und Raum bemißt –

    Wie denn mit Worten lobt' ich ihn
    So hell, wie mir sein Licht aufschien?

Trinkt aus! Laßt mir das Schweigen
Des tiefen Schlucks, des guten Zugs!
Laßt mir das stumme Neigen
Geleerten Krugs, berauschten Flugs!

    Wie Traube fromm aus Fässern weht:
    So lobet ihn dies Weingebet.

Krieg
und Nachkrieg

Erst –

Erst hingen sie
Wie dunkler Tang den das Meer ausspie
Stumpf durch die Straßen und Plätze hin
Und jedes Einzlen angstgequälter Sinn
War voll von Flehen: Herr, wend es ab!
Herr, laß es nicht geschehen,
Stoß mich nicht ins Grab!
Und spürt zugleich: ein ungeheures Wehen
Von Wetterstürmen, in die Zeit hinein,
Und hört: Musik! Ein fernher schwellend Schrein –
Und plötzlich schrie
Ein Weib – ein Mann –
Und bald warn's tausend
Die fast bewußtlos schrien
Und sangen, Stimmen brausend
Zum harten Firmament, wie ein Choral
Aus eines Scheiterhaufens Todesqual
Der keiner kann entfliehn – –
Das war, so hieß es dann,
Begeisterung. Wir wollen Krieg, und Sieg!
Die Waffen sind geladen!
Und glühend stieg
Von ihren Mündern jetzt ein Schwaden
Zum tauben Himmel an.

Juli 1914

Einmal

Einmal, wenn alles vorüber ist,
Werden Mütter weinen und Bräute klagen,
Und man wird unterm Bild des Herrn Jesus Christ
Wieder die frommen Kreuze schlagen.
Und man wird sagen: es ist doch vorbei!
Laßt die Toten ihre Toten beklagen!
Uns aber, uns brach es das Herz entzwei
Und wir müssen unser Lebtag die Scherben tragen.

Juli 1914

Der letzte Schultag

Geehrter Redakteur, Sie möchten wissen,
Ob ich an meinem letzten Schultag was empfand,
Und wenn, dann wie, und wo, in Versgewand,
Nicht mehr als zwanzig Zeilen, scharf umrissen.
Als aber Zuck vor seinem Rektor stand,
Zum letzten Mal, da war ihm recht beschissen
Zu Mut, – zwar schlug ihm kein Gewissen,
Doch wußt er nur zu gut: Hinausgeschmissen
Bedeutet Lehrlingszeit im Bankhaus Hahnesand.

Nun aber brach in diesem Augenblick
Der Weltkrieg aus mit Militärmusik,
Und über Nacht ward aus dem Lausejungen
Ein junger Held, mit Eichenlaub umschlungen.
Das Notmaturum bietet keine Schrecken,
Und als Student kann man getrost verrecken.
Der letzte Schultag geht im Nu vorbei,
Man ist Soldat, und (richt Euch!!) – endlich frei!

Der Sturm auf Lihous

Aus den Gräben heraus, übers Rübenfeld,
Bergan, durch die spanischen Reiter –,
Wer am Leben bleibt, ist morgen ein Held,
Wen es reißt, den schert es nicht weiter.

Ersatz-Regimenter, viel Junge dabei,
Studenten im ersten Semester,
Mit Feuerwerk, Schrei und gegossenem Blei,
So feiern wir blutig Silvester.

Lihous ist ein Dörfchen wie andere mehr,
Und am Kirchhof steht ein Maschinengewehr,
Das kann unsren Angriff flankieren.
Wir wollen es nehmen, viel Feind viel Ehr,
Dann dürfen wir morgen dem Kommandeur
Zum Eisernen Kreuz gratulieren.

Doch das weiße Gebiß überm Hügelrand
Klappte zu wie ein schartiges Messer.
Der Tod ist ein Scharfschütz mit sicherer Hand
Und ein alter Soldatenfresser.

Wie vergiftete Feldmäus liegen sie da
Oder zappelnd wie waidwunde Hasen,
Und die Jüngsten schreien »Mama, Mama«,
Nachdem sie das »Hurra« vergaßen.

»Zum Sammeln geblasen! Zurück marsch marsch!«
Zu spät für zweihundert Soldaten,
Die bekamen beim Sturm einen kalten Arsch
(so nannten es die Kameraden).

Und im Rübenfelde, im Drahtstakett,
Sahn wir sie noch lange Zeit liegen.
Im Winter wurden die Ratten fett,
Im Sommer die bläulichen Fliegen.

1917

Ich habe sieben Tage nichts gegessen
Und einem Freunde in die Stirn geknallt,
Mein Schienbein ist vom Läusebiß zerfressen –
Heut bin ich einundzwanzig Jahre alt.

Bin ich betrunken, schlag ich in die Fressen
Den Bleichgesichtern – mein Gebet ist Wut –
Wo ich mich kratze, springt ein jaches Blut –
Es sproßt mein Haar wie junge Gartenkressen.

So nehm ich meinen Samen in die Hände:
»Europas Zukunft – schwarzgekörnter Laich!
Ein Gott ersäuft im schlammigen Krötenteich!« –
Und scheiße mein Vermächtnis an die Wände –!!

Uns stößt es
durch die dunkle Erde hin

Uns stößt es durch die dunkle Erde hin,
Jedem Schlag der fällt zuckt unser Herz.
Wir sind die Tiere haßerfüllten Gottes.
Wir fragen kaum und scharren ohne Sinn
Die Gräber der Hoffnung. Abgestorbene Hände.
Man peitschte uns zu sehr. Wer überwände?
Denn wir haben kein Blut mehr, hinzugeben.
Man stahl uns die Süße des Selbst-Sich-Gebens.
Nun können der Nacht wir uns nicht mehr entheben,
Betrogene Schatten verlogenen Lebens.
Wir tragen arm. Wir wissen nichts vom Tragen.
Man macht uns mit Gefühl besoffen, bis wir Seele kotzen.
Will einer trotzen,
Wird er zu Tod geschlagen.

Der Reigen

Die Nächte wiegen sich wie schwere Blüten.
Im Atem ihrer Düfte schwillt der Traum
vom unbeschränkten, ewigkeitdurchglühten
Geschehen im unendlich sternenweiten Raum.
Die Erde stöhnt und jauchzt in Finsternissen.
Wir sind im Geisterflug aus ihrem Bann gerissen.

Da schlingen dunkle Welten sich in lichte,
da kreisen Ströme grenzenloser Glut,
da wandeln sich Gedanken in Gesichte
von großer Harmonie aus Seele, Geist und Blut.
Da brausen Kräfte, zeugend und vernichtend,
göttliche Welt aus Stoff und Chaos dichtend.

Geheime Mächte strahlen durch die Fernen,
wirken sich aus in Sonne, Mond und Meer,
in Sturm, Lawine, rasenden Gesternen,
tönender Liebe, rasselnd dumpfem Totenheer.
Ihr Hauch weht wunderbar in seltnen Dingen:
Versöhnung – Bruder – Kunst und Werk vollbringen.

Und Hände finden sich in warmer Milde,
die eben noch zum Brudermord verkrampft.
Lächelnde Liebe, – keuchende und wilde, –
bräutliches Bett auf Leichen, mörderisch zerstampft –.
O gib Dich hin in Sturmgetös und Schweigen –!
Hörst Du den fernen Klang vom goldenen Götterreigen?

O gib Dich hin, unendliche Geliebte!
Wir sind die Schreitenden im leichten Takt.
Aufsingt das Licht, das ewig Ungetrübte.
Aufspielt der Gott,
der bocksfüßige Wiesengott, bekränzt und nackt.

Rings Wälder wandern in erregten Wogen,
die tausend Wipfel läuten Stimm und Klang,
erblühter Himmel tanzt in Kurv und Bogen
– immer im Kreis
im Kreis, – seiner Erschaffenheit Bewegungszwang.

Die Tiere taumeln selig durch die Tage
und nehmen Lüste aus des Schöpfers Lust.
Und Schmerz von seinem Schmerz, o Schicksalsklage.
Aber der Gott,
der glanzäugige, flicht den Kranz von Brust zu Brust.

Es keimt die Fruchtbarkeit entflammter Tropen
durch kühle Wasser und erlösten Sinn.
Wie schlanke Jagd geschreckter Antilopen
stob unser Herz,
das sturmjauchzende, steppenweit in Licht dahin.

Nun sinkt der Vorhang blasser Horizonte.
Das hallende Tor ist plötzlich aufgetan.
Da wölbt sich unbegrenzt die tief durchsonnte
reinere Welt
und schmerzloser Lebendigkeit kristallne Bahn.

O gib Dich hin, unendliche Geliebte!

O jeder Morgen bebt von seiner Nacht
und jeder Klang von seinem Gegenklang.
Grausig erfüllt
ist aller Sinn von seinem Widersinn.
Geliebte, Rasende, wohin, wohin
verschleudert uns der fleischgewordne Zwang,
reißt uns der schwarzen Stürme blinde Macht,
stößt uns der heiße Schrei, treibt uns das fremde Bild?

Die irren Lichter
flackern und straucheln im Geblendetsein
von ihrem eignen Glanze. All die Leuchtenden
im Raum die Sonnen brausen dumpfe Bahn,
gedreht im blinden Triebe ewiger Einsamkeit.
Immer keucht der Kampf,
der irre Krampf der Kräfte, unerlöst,
der brüllenden, gebundnen aufgewühltes Meer.
–
O jeder Morgen bebt von seiner Nacht.
Aus weißen Leibern strudelt schwarzes Blut.

Erhitzte Frauen hetzen in Gefechte
sinnloser Übermacht und morscher Fieberglut.
Ihr Tausende, ihr Dumpfen, scheele Mörder, dunkle Knechte,
wir lieben Euch! Hört ihr den fernen Klang?
Blick auf!
Du gehst im Reigen!
Sieh: Du bist erwacht!
Wir fliegen hoch, Verschlungene, wir steigen,
wie Leuchtraketen, gottwärts, aus der letzten Schlacht.

Aber die Göttliche entschwebt dem Atemzug
Hinsinkender, Bezwungner, schon Vergehender:
Du über alle Leiden hin wehender
schmerzlich und süß durchharfter Himmelsflug.

Die fernen Felder der von sich Befreiten
gleiten herab in Sicht und Sinnlichkeit,
bereit und offen denen zu beschreiten,
die liebend und die leidend sich erneut.

Juni 1917

Die Tage sind wie kleine Glitzerwellen

Die Tage sind wie kleine Glitzerwellen,
aus eines Teiches ruhiger Fläche aufgestört
von sanftem Ruderschlagen, – von dem großen Schwellen,
das, lichtgedrängt, aus dunkler Tiefe gärt.

Die Winde streichen drüber hin und singen.
Fern formt die Welt ihr schmerzliches Geschick.
Wir wollen unsren Weg zur Höhe zwingen.
Es ist ein Schrei in allen Erdendingen,
von Blut und Sehnsucht, Liebe, Stolz und Glück.

Es klingen viele Gärten von uns auf

Es klingen viele Gärten von uns auf
und winken Ferne, strahlenüberzittert.
Du armer Sehnsuchtsgriff. Geblendet Du. Umgittert.

Einst war ein Bild uns nah. Das sank und sank.
Wir taumelten in roten und in blassen
Blutströmen hin und wollten einen hassen.

Zerröchelten die Nächte weh und krank,
wie Irre fremd, wie Sterbende verlassen.

Verschäumter Duft. Und Atem einer Frau,
hinstreichelnd Hände über Fieberstirnen.
Der Mensch zerglüht. Wir möchten uns enthirnen.

Aufflügelnd aber. Grenzenlos gedacht
ist Licht und Kraft. O sei. Du bist erwacht.

Aus »Liller Expressionen«
November 1917

Geburt der Bewegung

Rund wir umstellt von Tag und Tod gehetzt
Vergangenheit Erlebnis erdenschwer Behängte
vom platten Blick der »Wirklichkeit« verletzt
In Ding Begriff Gesetz Gewalt Gezwängte.

Bis diese Welt von innen ganz durchbebt
und wild geschüttelt von zu schweren Wehen
in Krampf und Flamme zuckend Hände hebt
und Stoß und Sturz und Schrei und Schritt geschehen.

Entbundne Straßen schlagen hoch empor
und alle springen knisternd blaue Zungen.
Wie rote Fackel schwelt der Abend hin.

Viel Arme schwingend braust befreiter Chor.
Weit wogenüber wir in Licht gesungen
umarmen uns und haben gleichen Sinn.

Lied der Seelen

Sehr früh fällt Dunkelheit und eingeschmiegt
ertrinken alle Formen tief in Nacht.
Wir sind der Weg. Wir sind aus Gott gemacht.
Wir sind der Geist der über Wassern wiegt.

Wir gingen gern durch Kirchentüren ein
und dürfen nicht in Ruh und Dämmer bleiben.
Wir klirren leise in den Fensterscheiben.
Wir funkeln drohend ferner Feuerschein.

Wir gehen auch gelinde und gemach
und sind Musik sind wunderbare Stimme
sind Schwebende und allen Winden wach.

Wunder

Die grünen Feldgendarmen arretierten einen,
den keiner kannte. Fremder Flüchtling wohl.
Eine Frau, die dieses sah, fing an zu weinen.

Da läutete es in der Luft. Gotische Türme schwangen
erhabener in Bläue auf und Raum,
es regnete wie Gold, und viele Stimmen sangen.

Doch faßt ich kaum,
warum nicht alle niederstürzten ihre Kniee zu umfangen,
die schmerzlich stand umbraust von Heiligenscheinen.

Der Sieger
Visionen in der Schlacht

I

Wie Straßenstaub von vieler Füße Stampfen
emporgewirbelt wälzt sich Takt und Klang –
Die Lebensluft erlischt und durch die Leere dampfen
die aufgerißnen Mäuler Siegersang –

Sie haben ihres Wesens Spur verloren
und wanken hin wie aufgelöst von Glück ...
Der Chor der Dichter Priester Räte Professoren
der weisen Greise Frauen Helden Matadoren
verspritzt in alle ohnmächtigen Ohren
Raubtiergebrüll – wie süßeste Musik.

Ach – und es ist so leicht sich tragen lassen.
Der Erde Schoß ist von Verwesung weich.
Es blüht ja überall so fett und reich.
Es keimt so üppig aus von Blut noch nassen
Gräbern, aus Mist, aus Moder, aus verfaultem Fleisch.

II

Ach – und es ist so leicht sich tragen lassen – –
So treibt im sanften Rhythmus guter Gültigkeit
der Zug der roten und der Zug der blassen
Mörder und Opfer Arm in Arm gereiht.

Entrollte Fahnen schwellen über Fräcken
hohlwangiger Krüppel buntbeschärpt und stolz,
die Finger steif gekrallt ums Stangenholz,
als gäb es nirgends Hunger und Verrecken.

Beglückt in kleinen und in großen Räuschen.
Verzückt in Sünden die man kann und darf.
Ehrenjungfrauen sind auf Helden scharf.
Paar helle Farben wollen »Jugend« – »Leben« – »Freude« –
täuschen.
Feuerwerk – – die weißen Kleider winken – –
Verlöschen – schon Schweigen – zerfetztes Lachen –
abgehackt –
Versinken Versinken
Die Nacht erhebt sich marmorkühl und nackt.

III

Die Nacht erhebt sich marmorkühl und nackt.
Gibt ihre Hände über Fieberbetten
und Schweiß und Einsamkeit in heißen Lazaretten
und Sterbende, vom letzten Krampf gepackt.

Da hüllen sich die Dinge in den Samt
der Träume, – und der weißgetünchten Mauern
lastender Druck entwölbt sich sternentflammt
in Gottgefühl und in Erlösungsschauern ...

Hebt sich ein Antlitz irdisch unverschönt
aus Herz und Sehnsucht, über uns zu schweben – –
Wehmund-blutperlen-bleich und schmerzgekrönt –
Sieger –! denn diese Augen leben. Leben.

IV

Denn diese Augen leben. Leben ohne Tod
und ohne Ende, ohne Flucht und Zwang,
wie Glut und Sturm, Gedanke, Lichtgebot,
Bewegung, Schönheit, Liebe, Überschwang.

Senkt sich ihr Glanz in Grab und Erde ein,
zerbersten alle Berge, alle Ketten,
versinken sinnlos alle Schädelstätten,
vermögen alle Hände zu befrein.

Oft über unser Haupt von Schmerz umhangen
verschenkten sie wie milden Morgenschein
und sangen:
Oh Du! Oh Bruder Mensch! Du bist ja nicht allein!

V

Entkleidet uns der Maske Mordgebärde,
entfesselt uns aus Erde, Blut und Tier –
zerstampft und tief geduckt entjubeln wir
– gedankenlang – Erlöste und Verklärte –

der Zeitlichkeit: (Du bist ja nicht allein!)
Schon wirbeln Lichter Stimmen Hymnen Heimathäfen – –
Ach – auch um unsere bestaubten Schläfen
wird noch Gold Taustrahl und Purpur sein.

Dem Kameraden
März-April 1918

Weltliche Passion

I

Wir: um die weiße Steile unsrer Glieder schlingt
Sich Erde, um die weißen Flügel unsrer Stirnen und
Um Hand und Griff und wortgewillten Mund
Ist immer Erde, die uns tief durchdringt.

Die Stunde, die Unendlichkeit verheißt,
Entblüht der Seele, die von dem berührt,
Was unsrer Hoffnung große Linien führt
Und über unserm Blick erhaben kreist.

Wir heben Schreie hin und suchen allerorts –
Und greifen ins Unfaßliche und schauen –:
Doch immer nur –: im Spiegel eines Worts – –

Und bleiben kalt, wie unfruchtbare Frauen,
Wehrlos im Bann der Finsternis, des Mords,
Umfernt von Morgenröten, die ergrauen.

II

Geliebte Erde, Paradies der Leiden,
Was schüttest Du um unsren Kreuzweg her
Die Wunder Deines Scheines: Farbe, Licht und Meer
Und diese Nächte, reif und dunkelseiden?

Was stößt Dein Flug nicht unsere Geschicke
Von sich hinweg, in unser Reich, ins All,
Das, formklar und einfach, wie Kristall,
Den Weg erschlösse dem befreiten Blicke?

Was schlägst Du uns und jagst uns ohne Ruh,
Was hältst Du uns in Durst und Sucht befangen
Und überlastest uns mit Sehnsucht Du,

Daß wir im gleichen Drange Deinen Schmerz empfangen,
Wie Deine Lust, und, zweifelnd immerzu,
Dich lieben müssen, die wir nie umschlangen –?

III

Ich hasse Dich – und stelle meinen Haß,
Der meine Brust zerreißt, den Herrschenden entgegen,
Der Macht, die Grenzen zeugt und Hunde, die sie hegen,
Die Sklaven bildet, ewig arm und blaß.

Ich komme von den Gräbern, wild verweint,
Ich komme aus durchseufzten Katakomben,
Schrei aus Fabriken, Schrei zerplatzter Bomben,
So brenne ich und suche nach dem Feind – –

Und fühle schaudernd, wie dem dunklen Brand
Ein Stück von meinem Selbst zum Opfer fällt
Und wie dies Wort sich bitter formt: Entsagen – –

Und wie der Tag verfehlt und unerkannt
Zu Abend schreitet, weil die Welt
Den eignen wehen Leib ans Kreuz geschlagen.

IV

Du goldner Glanz in einer Domkapelle,
Hinstreichelnd über steinernes Gebild
Und stumme Blicke, die Dein Hauch erfüllt
Mit einer Ahnung grenzenloser Helle – –

Ich sah auch einen sterben, welcher schlief
Und lächelte, ganz aufgelöste Weise,
Entspannten Mundes, stillen Herzens, leise
In Ruhe glitt und Ferne, die ihn rief – – – – –

Und weiß von Wäldern, die in Herbst verzückt
Leuchtend und laut dem Tod entgegensingen,
Und Tieren, die voll schlichter Güte sind,

Und Frauen, die ihr ganzes Sein der Liebe bringen
Und sich vollenden, still zur Welt gebückt,
Im Wunder der Umarmung, das uns neu beginnt.

Oktober 1918

»Royal«

Umflammt von rotem Plüsch in grellstem Scheine
Du heller Hände zärtliches Pastell,
Du halber Töne hauchliches Gefäll
Verhüllst und überlächelst das Gemeine.

Ich war ein Kind und spielte mit Kristallen,
Ich war ein Herz und lebte meinen Schlag
Und atmete in weichen Intervallen
Getönte Luft von Deinem bunten Tag.

Umrollte Insel, Weib: Du preisgegeben
In jeder Stunde jeglicher Gewalt,
Du reiner Traum, Du ungelebtes Leben.

Bist Du der Gang, der Klang, der nie verhallt?
Sie schlagen Deinen Leib: doch diese kleben
In ihrer Jetztheit und zerschwinden bald.

Lille, 26. November 1917

Auftakt

Die Welt ist vorgestern untergegangen. Es ist gut. Auch die Kanonen sind alle mit untergegangen.

Nun bin nur noch ich da und mein Pferd. Mein Pferd hat eine Granatsplitterwunde. Wenn es wieder geheilt ist, werde ich es besteigen und... wohin? Es gibt ja keine Richtung mehr. Ich wäre sonst wohl gegen Osten geritten. »Gen Osten.« So hieß es doch. Ja...

Aber die Welt ist untergegangen. Wohin?

Ich reite in eine silberne Unendlichkeit. In einen weltlosen Tag. In einen nachtlosen Glanz, der nicht von Sonne oder Sternen ist – (Die Welt ist untergegangen. Einst. Das war einmal. Ihre letzten Geräusche sind längst verklungen.) Nur noch das Leben ist da. Das Leben..., was sollte auch die Welt dabei? Das Leben ist da. Alles ist Erfüllung. Bräutlich. Entkettet. Aufgetan.

Ich bin ein Regen und sinke bewußtlos, wunschlos, hingeschenkt auf Herzen und Hände, dürstende Felder voll Saat und Sehnsucht – immer neu gebiert mich Gottes gütige Wolke.

1918 in Flandern in das Batteriebuch geschrieben

»Der Berliner Spartakusaufstand siegreich niedergeworfen«

I

Endlich – wir waren fast in Blut und Sumpf erstickt –
Kam uns der Schrei: wir durften ihn erheben,
Wir wollten ihn an alle Herzen geben – –
Doch alle Herzen waren eingedickt

In Brei aus Gier und halbverdauten Speisen,
Gewinn, Gewohnheit, sattem Abendbrot,
Der Kopf voll Wissenschaft, der Bauch voll Kot,
Der Geist verkauft zu guten Wucherpreisen – –

Wo blüht der Freiheit weites Morgenrot?
Wo stürmt die Seele, uns emporzureißen?
Man tanzt noch immer nach den alten Weisen,
Ruft »Freiheit hoch« – – und schlägt die Seele tot –.

II

Stopft Euch die Ohren zu: Ihr werdet hören!
Blendet Euch selbst: – Ihr werdet sehend sein!
Hetzt Flammenwerfer, Generäle auf uns ein,
Gefängnis, Tod, Geschütz: Ihr werdet nicht zerstören!
Denn unser ist die Kraft, die ewig ist und rein,
Wir Volk, wir Gott, wir Welt in heiligem Empören:
Groß ist die Zukunft! Diese Zeit ist klein!

Abschied
und Wiederkehr

Kosmische Störungen

Römer-Ode, am Wallersee, vorm Gewitter, 1937

Ach, des Himmels flache Schale
Lastet auf der Erde schwer.
Und es ball'n sich kolossale –
Kolossale!
Wolkenfäuste ringsumher.

Ob sie uns bedeuten sollen,
Wie erzürnt die Gottheit sei?
Oder meint ihr leises Rollen
Dumpfes Grollen –
Daß die Götterzeit vorbei –?

Sei's! Dann laßt uns gleichen Mutes
Dies bestehn als große Herrn –
Und das letzte Tröpflein Blutes
Rotes! Gutes!
Schenken wir den Bremsen gern.

An einen braunen Setter, der im Green-Park seine Herrschaft sucht

Könnt' ich dir helfen, sie finden!
Aber ich kenne sie nicht.
Ich seh dich nur schnobern und winden –
Sie werden bestimmt nicht verschwinden!
Mach kein so armes Gesicht.
Bald pfeift es irgendwo,
Und dein Herz wird froh.

Du liebst sie, mein englischer Setter,
Mit heiliger Liebespein.
Dir sind sie lebendige Götter –
So bildet man, sagen die Spötter,
Sich jegliche Liebe nur ein.
Doch einzig die Phantasie
Heiligt Mensch wie Vieh.

Schon ist deine Rute gekniffen,
Dein lockiges Rothaar gesträubt.
Da! Hat es nicht wirklich gepfiffen?
Du stehst, wie vom Wunder ergriffen –
Und rennst, daß der Wegsand stäubt,
Zum Gott mit dem Goldgebiß
Und der scheelen Miß.

Du bringst sie fast um vor Entzücken –
Ich aber schau nicht mehr zu.
Küssen, die andre beglücken,
Wendet man besser den Rücken.
Ach, könnt' ich so treu sein wie du –!
Ich denke beim Brandy an meine
Verstorbenen Hunde, und weine.

Vergängliche Liebe

Das kleine Mal in deiner Schenkelbeuge
Ist mir so nah vertraut,
Als wär' ich deines Lebens erster Zeuge
Und hätt' als nacktes Kindlein dich erschaut.
Noch fühl' ich traumbeschneit in seligen Händen
Das Schauern deiner Haut –
Und weiß: eh sich die Wintersterne wenden,
Ist es wie Schnee zertaut.

Pocht Herz an Herz, und stammelt Mund bei Munde
Den Schwur der Ewigkeit –
Tropft schon das Blut aus jener süßen Wunde
Der zubemeßnen Zeit.
So leer den Becher bis zum bittren Grunde
Und mach dem Schmerz dich wie der Lust bereit –
Noch in dem Sturz der letzten Liebesstunde
Sei du, Vergängnis, hochgebenedeit.

Schilfbucht

Die Buchten großer Seen mit Ufermooren
Sind oft von Schilf und Binsen dicht gerahmt,
Als hätten Wälder sich aus Vorzeitrohren
In ihre feuchten Schöße ausgesamt.
    Und wenn ein Rascheln durch das Röhricht geht,
    Ist es der Mittagswind, der leise weht.

Die harte Ruderbank ward Minnekissen,
Du wölbst der nackten Sonne dich zur Braut,
Und selbst das Brennen von Insektenbissen
Liebkost mit Nesseln die durchnervte Haut.
    Da plötzlich reckte mit gespaltnem Schopf
    Der Haubensteißfuß seinen Teufelskopf!

Nur Wispern, Plätschern, nur das Zischeln, Sirren
Des Kräuselwinds, der sanft die Zotteln dreht.
Ein Vogel gluckst. Libellenflügel schwirren.
Der Bocksgott äugend in den Weiden steht.
    Er spielt. Es glockt dein Herz. Die heiße Stunde
    Glüht weiß wie Glas, und schmeckt wie Blut
        im Munde.

Schweigen der Liebe

So ihr nun Stimmen hört aus goldenen Kehlen,
Fragt nach der Töne Sinn und Ursprung nicht.
Wißt: einmal rauscht es auf in jeder Seele,
Und wenn den Liebenden die Worte fehlen,
Wird zu Musik, was stumm aus ihnen spricht.

Die goldnen Chöre der Versunkenheit
Begleiten sie als heimliches Geleit.

Immer
Sonett mit stummen Zeilen

O treib mit mir das hold verlogne Spiel,
Das holdeste seit Paradiesestagen,
Wenn Liebende verzaubert »Immer« sagen,
Und meinen: bis der harte Schatten fiel.

Und meinen: bis der rasche Schwertstreich fiel,
Der glüh'nde Frucht in tote Hälften schneidet,
Der Lippen trennt, verschlungne Hände scheidet,
Und setzt der Lust ihr vorbemeßnes Ziel.

Und setzt der Lust ihr vorbemeßnes Ziel:
Denn sterblich ist, was zeugend sich entfaltet.
Doch als beim Abschied dir die Träne fiel,

Da war ein »Immer«, das kein Schwert mehr spaltet.

Das Alter

Ach das Feuer, das in Dir einst brannte –
Nur zum Scheine sank es aschenwärts.
Was uns in der Jugend übermannte,
Unvermindert schürt's das alte Herz.

Wie's die Amsel frühlingsfrüh gesungen,
Tropft's am Abend, – nachtigallenhold.
Fischer – tief in Deinem Netz verschlungen
Glänzt das reine, meerenthobne Gold.

Ach das Feuer, ach das heiße Lieben –
Oh wie leidet, wer die Freude kennt!
Heb den Blick! Die Sterne sind geblieben!
Horch! Die Stimme spricht. Der Dornbusch brennt.

8. September 1946

Ultima Thule

Steigst du empor, von bittrer Flut getragen,
Als letzte Küste aus dem Schaum empor,
Da unsre Herzen fast an Gott verzagen
Und an dem Ebenbild, das er beschwor –

Tauchst aus dem Nebelmeer, aus Urweltschauern,
Aus jenen Gründen, die kein Lot ermißt,
Aus tiefster Furcht und aus dem großen Trauern,
Das namenlos an aller Seelen frißt –?

Ach, wie mit Asche und verbranntem Gras
Ist dieser Erdball um und um behäuft,
Und was der Mensch an Sichrem je besaß,
Gleicht einem Erbring, den ein Narr versäuft.

Du steigst empor – und deinen Schoß bespülen
Der Götter Tränen, selig hingeweint,
Wenn Glückes Übermaß die hehren, kühlen
Zu Wolken der Vollkommenheit vereint –

Die heiligen Sonnen, untertauchend, malten
Das Meer zum weiten Krönungsmantel dir,
In dessen samtnen, purpurtiefen Falten
Birgt sich vesunkner Glanz und Fabeltier.

Fischer erzählen, daß sie einen Fisch
In ferner See in ihrem Netz gefangen,
Der einem silbernen Gefäße glich.
Man hob ihn aus, und sah mit großem Bangen,

Daß er das Siegel Salomonis trug
Und Menschenaugen auf und nieder schlug,
Bis ihm der feuchte Lebenshauch vergangen.

Doch einer hörte, leis wie Atemzug,
Den letzten Ton, den seine Lippen sangen,
Eh Tod ihn löste (oder nur erschlug?) –

Und dieser Ton war seligstes Verlangen
Nach jenem Worte, das die Welt erschuf –
Nach jener Sterne Flug, die göttlich prangen –
Und süße Antwort dem verschollenen Ruf.

Phoenix

Zu OK's ›Sechs Fächern‹ für A. M.

Des Wunderns war, des Staunens ist kein Ende.
Wie strömen, wandeln, wirren sich Gesichte
In Fleisch und Blut, entwirren sich ins lichte
Geschwirr der Flügelwesen, und in Weltenbrände!

O Fisch und Schlange, Thyrsosstab, Mykene,
Nacht, angsterlöste Lust und Nymphenhaar –
Von Flammengischt umloht, im Boot – Sirene:
»Willst Du nicht ganz verbrennen,
Wirst Du mich nicht erkennen –«
Fliehst Du noch nicht? vor ihr, die immer war?

Doch feurig weht des roten Rosses Mähne.
Funkspritzend knallen Hufe vor den Wagen,
Die Träumende zum Kap der Stürme tragen,
Bestarrt von Drachen, Wölfen, Wutgeglotz der Hähne!

Des Knaben Demut neigt sich vor der Schöne.
Des Ritters Lanze stößt ins Herz der Ferne.
Sie beugt sich nieder, daß mit Dorn sie kröne
Den, der sie aufhob in den Kranz der Sterne.

Schädel und Totenbeiner bleichen unter Krumen,
Daraus der Erde ungeborne Kinder blühn
Gleich Asphodelen, gleich des Grases Blumen,
Das Opfernde mit Blutestau besprühn.

Die Toten wohnen
In jedem Haus. Wir aber sind
Wie Schläfer vor dem Wind,
Umbraust vom Fackelglanz auf nächtigen Pylonen.

4. Advent 1969
Für Oskar Kokoschka

Dem toten Freund Hans Schiebelhuth, Januar 1944

Sind wir von Engeln nicht geleitet worden,
Als unser Zug ins Nebelreich begann?
Flog uns ein Adler nicht voraus nach Norden,
Sang nicht der Wind in brausenden Akkorden,
Und hub die Erde nicht zu jauchzen an?

Wir kamen strahlend als des Tags Genossen.
Wir brachen aus dem Sterngestrüpp der Nacht.
Und schäumend wie ein Blutstrom ausgegossen,
Von Finsternis umloht, von Licht umflossen,
Schwoll unsres Herzens Mut zur großen Schlacht.

Auf unsrer Fahne war des Himmels Zeichen,
Auf unsern Schildern blüht' ein Rosenfeld;
Wir wollten nicht vor Tod und Teufel weichen,
Wir stürmten vor, wir ritten über Leichen,
Und wenn ein Arm erlahmte, sank ein Held.

Die Rosse schnoben, und die Feuer brannten,
Aus Feindeshelmen schwappte dunkler Wein.
Wir wußten keine Furcht vorm Unbekannten –
Doch jene Zinnen, die wir nie berannten,
Erglänzten fern im überirdischen Schein.

So wild war unser Durst nach Tat und Größe
Und unser Sinn so blind vor Siegesdrang,
Daß wir den Leib in waffenloser Blöße
Der Flut vertrauten, und des Meers Getöse
Verstummte fast vor unsrer Lippen Sang.

Dann floß der Nebel über uns zusammen.
Die Todeskälte kroch uns ins Gebein.
Gebrochne Augen und erstickte Flammen,
Erstarrte Körper, die stromabwärts schwammen –
Und wer nicht starb, blieb auf der Welt allein.

Kein Engel traut mehr unsrem edlen Wahne.
Ein toter Löwe – ein begrabner Hund.
Der Schild geborsten, und zerfetzt die Fahne.
Nur von dem bittren Salz der Ozeane
Brennt noch ein Kuß auf unsrem trocknen Mund.

Das Sterbliche

Den Elementen verfallen,
Wolke, Wasser und Wind,
Den Feuern der Erde und allen,
Die in uns und außer uns sind –

Dem Gestrüpp, den verwirrenden Moosen,
Der Nacht und dem Kichern des Trolls,
Den Schwämmen, den Herbstzeitlosen
Und dem Ruch von entrindetem Holz –

Dem Strahl und den mörd'rischen Gluten
Der Sonne, dem rasenden Heer
Der Blitze, dem Wehn und dem Fluten
Des Westwinds über uns her –

O der Kühle vor Morgengrauen –
Dem Dunst aus den Wiesen zur Nacht –,
Der Feuchte, dem Tau und den Frauen –
Dem Schauer, der Furcht, und der Macht!

Ja der Macht, die uns quillt unbemessen
Gleich Güssen kytherischen Weins;
Noch im Schmerz – noch im Tode besessen
Von der Größe des Sterblich-Seins.

Dem Freunde aufs Grab

Menschen und Werke vergehn im Ufer- und Namenlosen.
Taten verlieren den Sinn, wenn ihre Stunde verweht.
Uns aber bleibt, gleich dem Stein überwittert von Moosen,
Was als heilige Inschrift den Wandel der Zeiten besteht.

Freunde, im Zeichen des Freundes erhöht und erhoben,
Freunde, im Bilde des Freundes erkennt euer wahres Gesicht.
Freunde, im Geiste des Freundes darf unser Wort ihm geloben,
Was uns im Leben verbündet, im Tode liebend verflicht.

Zur Wiederkehr von Carlo Mierendorffs Todestag,
4. Dezember 1953

Mein Tod
Ein frommer Wunsch

Ich werde einmal plötzlich auf die Nase fallen
Allein im tiefen Wald. Vom Schlag gestreckt.
In kurzem Kampf noch zuckend mit den Beinen,
Dieweil das Auge staunend schon erlischt.
Die kleine Schramme hört bald auf zu tropfen.
Der letzte Schnapper Luft schmeckt einen Mund voll Harz.
Die letzte Faust umklammert Moos und Erde.
Der letzte Schmerz gleicht dem des Wildes, das der Blattschuß traf.
Dann braust es in den Wipfeln. Dann rieselt's von den Zweigen.
Dann
Wird's still.
Kann sein, daß mir ein Hund die Wache hält – ich kenn's nicht mehr.
Kann sein,
Daß man mich findet und zu Grabe trägt
Eh noch die Starre weicht – und mit des Waldes Frieden im Gesicht.
Vielleicht auch schneit's mich zu! Dann finden sie
Im Frühling mein Gebein und ein paar Büschel Haare:
Schlehdornblütenweiß –!

Denn so –
So lieb' ich meinen Tod. So such' ich ihn.
Auf meines Lebens ungeräumter Walstatt.
Inmitten all der Kinder, meiner Träume.
In meines Vaters Haus. In meiner Mutter Armen.
Hochbetagt.

Den Sechzigern der Jahrgänge 1895–1897
(und mir selbst in der Mitten)

Sechs Elektronen schwirren
Im Kohlenstoffatom.
Ein Doktor kann sich irren,
Doch nicht ein Chromosom.

Trägst du auch in der Tasche
Dein Cardio-Präparat:
Das Herz verglüht zu Asche,
Wenn reif die Saat.

Sechs kreisende Jahrzehnte
Um eines Lebens Kern,
Man wünschte, hoffte, sehnte,
Und weiter zog der Stern.

Er zieht, so mags geschehen,
Uns lange noch voraus.
Und bleibt er endlich stehen,
Sind wir zu Haus.

Der Mutterleib aber
Ein Aber-Spruch

Am Stelzhammerhaus in Henndorf steht folgender Spruch von Franz Stelzhammer:
»Daheim is daheim. Wannst net fort mußt, dann bleib.
Denn die Heimat is ehnder der zwatt Muetterleib.«

Der Mutterleib aber, mein lieber Mann,
Ist auch kein Ort, wo man bleiben kann.

Er stößt dich hinaus, er zwingt dich ins Licht,
Er schenkt dir die Freiheit – ob du willst oder nicht.

So wirst du geboren, so stirbst du: allein.
Denn ein Mensch sein heißt immer ein Fremdling sein.

Doch laufen die Wasser auch ruhlos zum Meer –
Das Quellchen Ursprung läuft nimmer sich leer.

Vertrau dich der Tiefe, aus der es quellt.
Vertrau dich der Ferne, den Sternen, der Welt.

Wohin es dich treibt, in Leid oder Glück –
Es führt jeder Weg in die Heimat zurück.

Kleine Sprüche aus der Sprachverbannung

I

Jeder denkt, sein Englisch wäre gut,
Wenn er nur den Mund verstellen tut.
Jeder hört so gern die Komplimente,
Daß man es ja gar nicht glauben könnte:
    Die Geläufigkeit
    In so kurzer Zeit
Und fast frei vom störenden Akzente.

Aber ach, in Deiner stillen Kammer
Spürest Du der Sprachverbannung Jammer,
Krampfhaft suchend die korrekte Wendung
Für ›Beseeltheit‹ und ›Gefühlsverblendung‹.
Auch scheint's solches nicht auf deutsch zu geben
Wie: zu seinem Rufe auf zu leben.
Und Du ziehst betrübt die Konsequenz:
Dort ›Erlebnis‹ – hier ›Experience‹.

Welch ein Glück noch, daß man seinen Mann
Im Stockholmer Urtext lesen kann –!

II

Die fremde Sprache ist ein Scheidewasser.
Sie ätzt hinweg, was überschüssig rankt.
Zwar wird die Farbe blaß, und immer blasser –
Jedoch die Form purgiert sich und erschlankt.

Die Übersetzung ist ein Wurzelmesser.
Sie kappt und schneidet, wo es keimend wächst.
Das Mittelmäßige macht sie häufig besser,
Vom Bessern bleibt zur Not der nackte Text.

Ach, welche Wohltat, daß man seinen Mann
Noch im Stockholmer Urtext lesen kann –!

III

Es stirbt kein Licht – kein Funke geht verloren.
Kraft wächst aus Kraft in Sturz und Untergang.
Aus Katastrophen ward die Welt geboren
Und alles Leichte aus bezwungnem Zwang.

Und amputiert man Dich bis beinah zu den Hüften,
So hüpfst Du auf den Händen munter fort.
Es grünt aus Felsgestein – es blüht aus Grüften.
Der Leib verwest. Lebendig bleibt das Wort.

Für Thomas Mann
zu seinem siebzigsten Geburtstag,
am 6. Juni 1945

Elegie von Abschied und Wiederkehr

Ich weiß, ich werde alles wiedersehn.
Und es wird alles ganz verwandelt sein,
Ich werde durch erloschne Städte gehn,
Darin kein Stein mehr auf dem andern Stein –
Und selbst wo noch die alten Steine stehen,
Sind es nicht mehr die altvertrauten Gassen –
Ich weiß, ich werde alles wiedersehen
Und nichts mehr finden, was ich einst verlassen.

Der breite Strom wird noch zum Abend gleiten.
Auch wird der Wind noch durch die Weiden gehn,
Die unberührt in sinkenden Gezeiten
Die stumme Totenwacht am Ufer stehn.
Ein Schatten wird an unsrer Seite schreiten
Und tiefste Nacht um unsre Schläfen wehn –
Dann mag erschauernd in den Morgen reiten,
Wer lebend schon sein eignes Grab gesehn.

Ich weiß, ich werde zögernd wiederkehren,
Wenn kein Verlangen mehr die Schritte treibt.
Entseelt ist unsres Herzens Heimbegehren,
Und was wir brennend suchten, liegt entleibt.
Leid wird zu Flammen, die sich selbst verzehren,
Und nur ein kühler Flug von Asche bleibt –
Bis die Erinnrung über dunklen Meeren
Ihr ewig Zeichen in den Himmel schreibt.

Geschrieben in Amerika, Herbst 1939

Die Farm in den grünen Bergen

Auf freier Höhe, doch von Wald umfriedet,
Stehst du getrost in Wind und Wettern da,
Als wärst du an den Himmel festgeschmiedet.
Mir gabst du Heimat, in Amerika.

Mit blutigen Fingern lernt ich dich betreuen.
Viel hartes Holz verheizt ich im Kamin.
Und wie die Monde gehn und sich erneuen,
Lebt ich mit Quelle, Tier und Baum dahin.

Bis mich ein neues Stichwort auf die Szene
Des Tages bannte, in ein brennend Stück,
Doch wenn ich mich in Träumen heimwärts sehne,
Kehr ich im Nordlicht auf die Farm zurück.

Ein nie vorher gesehener Stern

Manchmal des Nachts, wenn ich die Öfen schürte,
Sah ich durchs Fenster, nah und weltenfern,
So jäh, als ob mich eine Hand berührte,
Den nie vorher gesehenen Stern.

Er sprang und zuckte grün in kaltem Feuer –
So groß war nie ein Licht, und kein Planet.
Mein Blick ward blind davon, und ungeheuer
Erschrak mein Herz, und fand nicht zum Gebet.

Hob dann die Lider ich, war er verschwunden.
War es ein Zeichen? War's ein Ruf des Herrn?
Ich frage nicht. Doch hält mich tief gebunden
Der nie vorher gesehene Stern.

Vermont, 1944

Vorblick in ein blutiges Jahr

O trübverwölkte Sicht. O schwarzer Abendwind.
O dumpfer Schmerz in meiner linken Schläfe.
Und plötzlich wilder Stich in meiner Brust
Und grausam aufgerißne Ferne – nah vor Augen!!
Mein Gott, mein Gott. Was müssen die noch sterben,
Die dort vorüberziehn und mit der blassen zag erhobnen Hand,
Als wollten sie den letzten Lichtstrahl greifen,
Den Himmel grüßen – der schon heimlich blüht
Voll unsichtbarer Sterne.
Euch aber wird kein Stern mehr leuchten,
Und kein sanfter Wind
Wird Eure Haare trocknen und kein gutes Feuer
In Euren Hütten brennen, die Ihr nie mehr sehet. Denn es gibt
Auf dieser Straße keine Heimkehr.
Blut rinnt in braunen Bächen übern Schnee.
Blut sickert aus zerwühlten Gräbern. Blut
Spritzt aus Herzen, Schößen, Gliedern, die
Verflucht sind, Fluch um Fluch zu zeugen.
Ward je ein Heiland dieser Welt geboren?
Sangen Kinder je
Den Jubel froher Botschaft?
Wird wieder Friede kommen?
Gab es Frieden je?
Ach – fern ist alle Hoffnung.

Weihnachten 1943
Aufgefunden Sommer 1951
unter Wirtschaftsbüchern
auf der Farm in Vermont

Erdwende

Das ist die Stunde, wenn die Sterne bleichen.
Noch ist kein Tag, und doch ist nicht mehr Nacht.
Die Erde so in Finsternis begraben,
Daß alle Form versinkt, kein Maß mehr gilt,
Kein Schritt mehr weiterführt. Die Welt
Ist wüst und leer. Der Himmel
Ungeboren.
Und während du zum frühen Werk dich rüstest,
Sinkt dir die Hand. Ein Schauer weht dich an
Und macht dich reglos. Leblos fast. Verloren
An solche Dunkelheit, die kein Erinnern hat,
Kein Wissen, kein Gefühl.
Nur die Erwartung.

So wartet,
Wer von Schicksal weiß. So warten
Die Männer vor der Schlacht. So wartet
Ein bräutlich Kind dem grausam holden Weckstrahl
Ihres Bluts entgegen. Völker warten so
Auf das Verhängte, furchtbar Auferlegte.
Der junge Priester auf der Gnade Tau. Das Opfer
Auf seine bittre Stunde. Stand nicht zitternd einst
Ein erster Mensch? und harrte
Des ersten Sonnenstrahls? Harrte
Des goldnen Rieselns – stets voll neuer Bangnis,
Ob es denn werden will, – ob's wiederkehre,
Ob es auch heut wie stets geschehen möge:
Das *Wunder*, – zu dem der Schöpfer selbst
Sich zwang, es täglich neu zu tun,
Und das ein *Wunder* bleibt, solange ein Auge
Ihm aufgetan.

Jetzt aber bricht
In donnernden Kaskaden
Demantne Sturzflut
Gottesblind
Auf dich hernieder,
Und du kniest
Und betest.

Nachtgebet

Dem Freund Kurt Hirschfeld

Junge Leute werden manchmal wach
Und wissen, daß sie sterben müssen.
Dann erschauern sie kurz,
Und sehen verschiedene Bilder,
Und denken: Jeder muß sterben, und
Es ist noch Zeit.

Alte Leute werden manchmal wach
Und wissen, daß sie sterben müssen.
Dann wird ihr Herz bang,
Denn sie haben gelernt,
Daß Niemand weiß, wie Sterben ist,
Daß Keiner wiederkam, davon zu künden,
Daß sie allein sind, wenn das Letzte kommt.
Und wenn sie weise sind,
Dann beten sie. Und schlummern weiter.

November 1964

Kleine Strophen von der Unsterblichkeit

Dauer, Zeit und Raum
Sind wie Brandungsschaum,
Der verweht, indes die Flut sich wendet –
Doch das kleinste Sein
Schließt ein Wesen ein,
Das von Anfang ist und niemals endet.

Der du dich besinnst,
Ob du einst verrinnst
Gleich dem Sand und gleich dem Regentropfen –
Denk, daß Meer und Land,
Wasser, Fels und Sand
Steter sind als deines Herzens Klopfen.

Nur was in dir brennt,
Was kein Wort benennt,
Dauert über der Vernichtung Flammen.
Wärst du nicht geweiht
Zur Unsterblichkeit –
Bräch die Schöpfung in sich selbst zusammen.

Brandung der Nacht

Brandung der Nacht

Brandung der Nacht, durchrauschter Blütenbaum.
Trink und erblinde.
Im Taumelmeer der amethystnen Winde
Weht schwarzer Schaum.

Trink und vergiß,
Was noch vom Tag auf Deinen Augen lastet.
Mein Atem tastet
Um Deinen Leib wie heiße Finsternis.

Horch: unsre Welt ist laut.
Die Wälder dröhnen.
Wirst Du des Baumgotts Braut,
Hörst Du sie stöhnen.

Reite, reite rittlings auf meinem Sattelknauf.
Die Nächte des Sommers haben kurzen Lauf,
Doch lange Stunden.

Reite, reite rittlings auf meinem Sattelknauf.
Saug tief und schnauf
Die Nacht wie Wein und Blut aus Liebeswunden.

Trink und vergiß.
Lebe, lebe, und stirb, mit allen Sinnen.
Wie Finsternis.
Wie Güsse Frühlichts, die in Gräber rinnen.

Brandung des Tags. Versunkner Sternenwind.
Trink und erblinde.
Der Morgen rinnt
Wie Harz und Knospensaft aus schwarzer Rinde.

1922

Don Chuan

Nächte wie schwarze Fahnen flatternd haben ihn geweckt.
Fern über Berge wuchs ein feurig Zeichen.
Tags in der Wälder kühlem Blau versteckt
Sah er den Himmel wie ein kreißend Weib erbleichen.

Auf seinen Lippen lag ein schmaler Trotz
Und ein Geschmack von Salz, wie junge Stiere schmecken.
Bald ward sein Schulterbau zum breiten Klotz,
Doch schlanke Gerte bog sich überm Becken.

Er sah das Meer und soff den grünen Wind,
Stark wie Absynth durchrollt ihn Wolk und Lüfte.
Er soff mit Nüstern, soff mit Augen blind
Und blinzelnd lüstern Dolden glühender Düfte.

Breit ihm zu Füßen lag der wüste Leib
Des Mutterlands, dem sein Geschlecht entsprossen.
Die braune Erde war sein erstes Weib.
Die erste Not hat er in sie vergossen.

Dann kam die Lust: früh glimmend unterm Rauch,
Scharf in der Nase, kitzelnd, oder trunken.
Dann: ein Präriebrand unterm Sturmgefauch.
Verkohlte Wolken. Ozeane Funken.

Lawinen, in der Hölle Glut gespien.
Orkane, von des Raumes Maul verschlungen.
Zeiten, wie Tiere die vorm eignen Herzschlag fliehn,
Ins dunstgepeitschte Meer des Bluts gesprungen.

Er war kein Knecht und beugte keine Magd.
Er liebte nicht den Sieg und nicht die Ehre.
Durch seine Wälder gellt ein Horn: die Jagd! die Jagd!!
Durch seine Wässer braust ein Wirbelsturm: die Wehre!!

Wie ein Gepard die Antilopen hetzt.
Ein Falk befreiten Augs auf Beute fällt.
Ein Hund, die Schnauz am Boden, über Gräben setzt.
Ein Hengst, hufschleudernd, schäumend, durch die Koppel
gellt.

Und manche Nächte waren voll Gebet:
Ein kühles Kirchenschiff die Nacht auf schweren Säulen.
Ein rotes Meer daraus der Paraklet
Auftaucht, der heilige Fisch, umweht von Geistereulen.

So stark war manche Nacht, daß im Getier
Ein Schrecken glomm von riesenhafter Stille
Und Knospen oft vor Don Chuans Begier
Aufbrachen wie von blinder Sonnenfülle.

So war der Mann: die Stirne klar und kalt,
Im Auge weißes Licht und dunkles Leuchten,
Der Hände schmaler Degengriff Gewalt
Und zarter Südwind über Meeresfeuchten.

Urwald im Regen, brausende Savann!
Fliegender Himmel drüber, sternbeflammte Fahn!
Wohin er trat, im Aufschrei, Trotz und Jubel: Mann!!
Und wo er ging, verlierend, seufzend: Don Chuan – Chuan –!

Von vielem Schmerz und tiefer Lust zerrissen,
Fand er die Frau, um die sein Leben warb.
Er folgte ihr, den Blick voll Mut und Wissen.
Ging ins Gebirg. Allein. Gewitternah. Und starb.

Faulenbach
Juli 1923

Auf beiden Ufern
ist die Not geringer

Auf beiden Ufern ist die Not geringer
Die Auen glätten sich in flache Zeit –
Die Halberwachten prahlen als Vollbringer,
Ehrendoktoren, Helden, Meistersinger,
Und Volksbeglücker, und Unsterblichkeit.

Die Strömung abwärts gleiten und verwehen –
Doch welcher Abend deutet nicht auf Tag –
Und welche Tode nicht auf Auferstehen –
Und blinder Opfer unerhörtes Flehen
Sind dunkler Saat unendlicher Ertrag.

Uns müssen Strudel brausen und erfassen –
Erbarmungslose Rächer jeder Schuld –
Und kein ›Zurück‹ und niemals locker lassen:
Madonnen lächeln, o durch alle Gassen,
In tiefer Süßigkeit und großer Huld.

Wir treiben durch die Nebel einander zu

Wir treiben durch die Nebel einander zu,
Segel vom Sturm erfüllt, umschäumte Kiele –
Donner in der Nacht, Feuer über Städten,
   Mensch, wie weit bist Du?
Dein Tag verschwendet sich in Zeugungsspielen.

Alle Geliebten schweben über Bäume
Von tönendem Geäst aus Gott und Dir.
Wir sind Gesang, Erlösung, die beglänzten Träume
Und Schimmerschein, und Ahnung gütiger Gebärden
   ewiger Gedanke: wir!

O über unsre Brücken ist ein Schreiten
Lichterer Frauen,
Die dunklen Strom und nächtigen Weg begleiten.
Steuerlose im Meer, Brüder! Wir dürfen vertrauen.

Im Juni 1917

Bruder, Deine Hände

Bruder, Deine Hände sind so von Licht beschwert,
daß Deine Arme nicht zum Himmel reichen.
Deine Augen blühen Güte, irdisch unverklärt,
– und Deine Seele tönend überstreichen
die Äolsharfenwinde Deiner Menschlichkeit –,
so bist Du göttlich eingesargt in jedem Leid,
und frei in jeder Hoffnung, jedem Überschwang,
und Kind in jedem Traum, und Sklave jedem Zwang.

Immer aber ihr zu früchteschweren Äste
neiget ihr Schmerzgesicht im mütterlichen Bogen.
Schönheit überwelkt und wird verlogen.
Truggeleucht nächtlicher Fackelfeste
zerstäubt in Sternensturz, zerrinnt in schalen Wogen.

Brände aller Welten möchten unser Herz verzehren,
Stürme rütteln, Not und Tod verheeren,
maßlos, ziellos, nimmermehr verlöschen:
Bruder! Wir müssen durch! Wir müssen durchbrechen!

Bruder, wir fühlen uns. Wir sind einander groß
und Kindheit, Glück, Erinnerung, bedingungslos.
Weit sind die Meere unsrer Endlichkeit.
Wir fühlen uns. Du Tag brich an. Wir sind bereit.
Bruder, Deine Hände sind schwer und oft durchbebt von
Qualen.
Einst aber wird Deiner Stirne Glanz zum Himmel strahlen.

Anfang Oktober 1917

Der goldgelbe Sliwowitz
des weiland Kardinal Strossmayer

Er schien wie klarer Bernstein oder Goldtopas,
Er floß wie Chrysam ins gewölbte Glas,
Er war so mild, daß man ihn trank wie Wein,
Der nicht im Gaumen brennt, doch knistert im Gebein.
Der reinste, den ich roch, so Gott mir helf'!
Sein Pflaumenjahr hieß Neunzehnhundertelf.

Das war ein Jahr! War ich auch Knabe noch,
So steht mir jeder Tag vorm Auge doch,
Erinnrungshell, in solcher Sonnen Glanz,
Als höb' Gott selber morgens die Monstranz,
Und langsam kreist die tausendstrahlige Hand
Vom Traubenstand zum fernen Pflaumenland.

Das war ein Jahr! Ich schmecke noch die Wiesen,
Das mürbe Heu, den Hitzedunst vom Rhein,
In dem wir uns wie Lurche treiben ließen,
Und klatschend schlug das Fallobst um uns ein.
Der trübe Most aus ächzenden Keltern quoll,
Und auch des Bischofs Fässer wurden voll.

Ein Segensjahr. Ein rechtes Friedensjahr –
So schien's für uns, die wir nicht weiter dachten.
Doch fern am Balkan war's schon nicht mehr wahr,
Begann sich Mann und Mann bestialisch abzuschlachten.
Ganz weit im Wind, ein leiser Klageton,
Und an der Zündschnur glomm der Funke schon.

Mitternachtsgesang
zwischen den Jahren

Ist ein Quell entsprungen?
Ist ein Sturm verklungen?
O die Nacht ist hell und kälteklar –
Mondwärts aufgesogen
Schwemmten Meereswogen
Das verschollne süße Sonnenjahr.

Ist ein Strom gemündet?
Ist ein Kranz geründet?
O die Nacht ist weit und glockenklar –
Saatwärts grabversunken
Ruht von Reife trunken
Das verschollne süße Erdenjahr.

Ja der Morgen brandet
Hellicht kampfgewandet,
Und der Städte bleicher Himmel brennt
Nackt und ungeheuer,
Wenn im trunknen Feuer
Jauchzend uns das junge Jahr berennt!

Silvester 1926

Winterabend

Ruhlos, die Wasser rosig grau gefrieren.
Der Mond glimmt auf als magische Latern,
Und magre Zweige gleich erstarrten Tieren
Umgittern ihn. Schon blitzt der Abendstern.
Schwarz ankern Schiffe jetzt an dunklen Pieren,
Im Frost polaren Lichtes, trüb und fern.

Das Lied vom verschlagenen Mann

In diese Stadt verschlagen,
In der ich nichts verloren hab,
Kommt es mich an zu fragen:
Was sucht ein Mann in einer Stadt,
In der er nichts verloren hat?
Was kann er da erreichen?
Sucht er ein Bett, sucht er ein Grab?
Es riecht hier sehr nach Leichen.
Es schwimmt etwas den Strom hinab,
Daran sind Kopf und Glieder ab –
Das ist kein gutes Zeichen.

In diese Stadt verschlagen,
In der ich nichts zu suchen hab,
Möcht ich den Henker fragen,
Ob er für mich nicht Arbeit hat?
Ich könnt das Beil ihm tragen,
Das Holz zum Galgen schlagen,
Könnt henken mal an seiner Statt,
Wenn er zuviel getrunken hat,
Ich will den Wein ihm schenken!
Ich schaufle auch des Sünders Grab
Und zwick ihm noch die Ohrring ab –
Wenn sie mich selbst nicht henken.

In diese Stadt verschlagen,
Darin so schöne Häuser stehn,
Muß ich den Nachtwind fragen:
Was hör ich da im Winde wehn?
Hör ich die Glocke schlagen?
Hör ich das Käuzlein klagen?
Hör ich Geschrei von einem Kind?

Was pfeift hier durch die Gassen?
Ich kann die Stimmen nicht verstehn,
Die vor mir her wie Schatten gehn,
So denk ich mir – es ist der Wind,
Der pfeift und kann's nicht lassen.

In diese Stadt verschlagen,
In der es nichts zu beißen gibt,
Will ich die Weiber fragen:
Ist eine hier, die einen liebt?
Sie braucht's mir nur zu sagen.
Dann spiel ich ihr zum Tanzen auf
Und spiel ihr noch ins Bett hinauf,
Und legt sie noch drei Kreuzer zu,
Dann bring ich selber sie zur Ruh,
Sie wird sich nicht beklagen.
In diese Stadt verschlagen,
Weißgott was ich hier tu –

Aus ›Der Rattenfänger‹

Du kaltes fremdes Ding

Du kaltes fremdes Ding, zerrauft und triefend,
was bist du anders als ein ersoffenes Tier?
Kam jemals warmer Hauch von deinen Lippen und Feuchte aus
deinem Schoß,
hat dein Haar jemals geknistert?
Konntest du jemals lachen, weinen, jauchzen und stöhnen vor
Lust?
Die Tiere pfeifen in ihrer Todesangst und brüllen
ihre Not aus, wir aber erbarmen uns nicht.
Die Gräser zittern vor dem Fuß, der sie zertritt,
und kann sie Keiner bewahren.
Wer soll sich unser erbarmen?
Du fischkaltes fremdes Ding, ich kenne dich nicht,
ich habe dich nie gekannt.
Habe ich jemals einen Menschen gekannt?
Geh weg, dein Leib ist verwüstet, und was frommt es mir,
deine Seele zu lieben – ewiglich?
Geh weg, ich geb dich dem Wasser zurück, das dich
umschmiegt,
treib den Strom hinab wie etwas anderes,
ein Stück Borke vielleicht,
fühllos und ohne Not.
Geh weg, werd ein Leckerbissen für die Krebse und Aale,
damit diese ein Leckerbissen werden für die Tafel der Mörder.
Geh weg, versinke, und was dann noch von dir bleibt,
die ermordete Seele,
sie mag hinaustreiben, davontreiben, schaumspritzerleicht,
wohin kein Gedanke ihr folgt,
ins offene Meer.

Aus ›Der Rattenfänger‹

Mond

Du weiße Lotos über dunkelroten
Gewässern die aus stummen Ufern treten
Dich aufzuschaukeln und Dich anzubeten –
Du Schwan der Toten

rund ruderst Du auf unsrer Augen Meer
und schüttest Deine unberührten tiefen
Kraftströme die in Luft und Feuer schliefen
über uns Taumelnde her

daß uns aus Händen und Gesicht die Schale
steige und steige
wenn über Steingestürz und Nebeltale
hoch erster Tag der Schöpfung aufschweige –

1917

Nebeltag

Senkt sich der Nebel über Berg und See,
Scheint mir die Landschaft ihre Stirn zu klären.
Wenn ich die schöne Aussicht nicht mehr seh',
Vermag sie tiefer mein Gesicht zu nähren.
Und wenn die Schwaden aus den Tälern gären,
Lebt man im Wandelreich des Ungefähren,
Umbraust von wirbelweißem Geisterschnee,
Verlor'n auf winterdunklen Schiffbruchschären.

Was hilft die Größe mir des Panoramas,
Was nutzen mir die lieblichsten Details,
Beim spinnenklugen Weben eines Dramas,
Beim Überschreiten eines Hochturmseils?
Nur der versunkne Blick des Dalai-Lamas
Durchdringt die Nebel um das Dach der Welt –
Und daß man nicht ins Bodenlose fällt,
Braucht es das Peilgeschick Vasco da Gamas!

Herauf ihr Dämpfe und herab ihr Schleier!
Dem Nebel sei dies Notsignal geweiht.
Je ungestalter desto formelfreier!
Verhüll mir, Wolke, das Relief der Zeit.
Doch Schicht um Schicht aus grauenden Gewalten
Mag sich der Leib, die Form, das Ding, entfalten.
Wie bin vom Gegen-Stand ich noch so weit!
Wie liebe ich das Spiel »Unfaßbarkeit«!
Herab ihr Dämpfe und herauf ihr Schleier!
Ich riech den Räucherduft der Isis-Feier
Im Brenzelruch von einem Birkholzscheit!

1952

Kammermusik

I

Wir steigen immer auf und ahnen
um unsre Scheitel grenzenlose Höhen
wir geben uns an Wolke Flug und Wind, –
wir heben uns in glanzgewordne Bahnen, –
umkränzte Welt! – harft hin ein Herbst und spinnt
schaudernde Schatten, die mahnen,
daß wir ein Hauch: daß wir Gesang sind – –
Entblätternd Zeit, ein Strand, von Seele oder Saum
des Himmels flüsternd, schwellend, schaumumspült,
wie Brandung tiefer Ebbe, uferwärts
die Wimpern schlagend, weiß emporgefühlt
aus Meeresgrüne, Leben oder Traum
empfängt uns. Mütterlich. Du ganz verschenktes Herz – – –

II

Da mündet Nacht und Morgen in ein Tor,
verhüllen Pfade sich ins Ungewisse,
zerschwingt ein Klang in Glas, verlor
sich Blick und Schritt in Rosenfinsternisse …

Verwehte Gärten, ihr in Traum gesponnen,
umrankter Lauben Duft am Schimmerteich,
geliebter Hände Gruß, versunkne Sonnen –
wir werden hin in Weh und sind zerronnen
in Ewigkeit. In Andacht. Ins geträumte Reich.

III

Sprang auf wie Triller, hüpfend über Mond
und Wiese, leicht geformter Tag –
Du bist ein Kind, um Deine Schläfen wohnt
gottgutes Frohe-Sein, das nie sich wandeln mag – –
trägt Dich Dein Tanz über Nebel, Tanz der unendlichen
ewig wiegenden biegenden fliegenden Dinge des Lichts –
bist Du hinangesungen dem Unabwendlichen,
hochgeschwungene Linie des Seins, Besieger des Nichts, – –
bist Du ein perl-tropfendes Lachen –
(aber von Güte tief und liebendem Sinn unterlegt –)
leise spielenden Spottes –?
Oder ein – (Wind rieselnder Schwall über die Welt bewegt –)
Erwachen
Gottes –?

IV

Wir wußten kaum von unsrer Schritte Ziel
und wollten uns in Scham und Glück verstecken,
als aus dem Dunkelgang seltsam verschnittner Hecken
strahlender Helle Tag und Sonne fiel.

Es ordnete die Fülle der Gestalten
in Formen sich und reine Klänge, die
– hoch himmelüber dieser Welt gehalten –
sich einigten in klarster Harmonie.

Aber der Mensch? Der Nieder-Zwang? Der Aufwärts-
Wille?
Weit über sich hinausgedacht
ist er entfacht
zur tiefsten tönendsten Stille.

21. 1. 1918

OK, Dichter und Maler

Er ist der Strom, in den die Flüsse münden.
Er ist der Berg, von dem Propheten künden.
Er ist der Brand, der glüht von Urzeit her.
Er ist das ewige Licht. Er ist das Meer.

Geschrieben im Oktober 1976, als CZ von OK gezeichnet wurde

Eines Tages

Geschrieben in der Nacht vom 26. / 27. Mai 1966 –
während der Arbeit an ›Als wär's ein Stück von mir‹

Eines Tages bin ich nicht mehr da
Und ich wünsche Du wirst es erleben
Dann spürst Du noch eine Zeitlang ganz nah
Mich durch offene Türen schweben

Dann geh ich noch eine Zeitlang um
Man hört mich reden, lachen –
Dann wird die Stimme stumm
Und die Züge verflachen.

Langsam löschen sie aus
Du kannst sie nicht bannen.
Leer ist das Haus.
Bald gehst auch Du von dannen –
Zu mir.

C. Z. für A. Z.

Editorische Notiz

Druckvorlage der einzelnen Gedichte ist grundsätzlich die letzte Buchausgabe zu Carl Zuckmayers Lebzeiten. In später edierte Sammelbände seiner Werke aufgenommene Gedichte werden im Wortlaut nach der Handschrift wiedergegeben. Abweichungen von den früheren Ausgaben werden im folgenden bezeichnet.

Der Baum. Erste Buchausgabe: Berlin, Propyläen Verlag 1926. Die Sammlung wurde unverändert aufgenommen in Carl Zuckmayer ›Gedichte 1918–1948‹, Berlin und Frankfurt am Main, Suhrkamp Verlag vorm. S. Fischer 1948, in ›Gedichte‹, Frankfurt am Main, S. Fischer 1960, und in Band 3 (›Gedichte‹) der ›Werkausgabe in zehn Bänden. 1920–1975‹, Frankfurt am Main, Fischer Taschenbuch Verlag 1976. In der Edition ›Gedichte‹ (Frankfurt am Main:) S. Fischer (1977), wurden das Gedicht ›Erdparadies‹ herausgenommen und die Gedichte ›Die Bauern‹, ›Ach, es ist alles leer – –‹ und ›Hilario‹ hinzugefügt. Bei der vorliegenden Ausgabe wurde auf die Gedichte ›Wiegenlied an der Bergstraße‹ und ›Weihnachtslied‹ verzichtet.

Blätter. Als Sammlung von 22 Gedichten erstmals in Carl Zuckmayer ›Gedichte 1918–1948‹, Berlin und Frankfurt am Main, Suhrkamp Verlag vorm. S. Fischer 1948; um 8 Gedichte (›Melusinenlied‹, ›Die drei Eisheiligen‹, ›Gesang im Moos‹, ›Sonett vom goldenen Herbst‹, ›Die Schauspielerin‹, ›Hochzeitslied‹, ›Trommelmarsch ‚Vom kleinen Mann'‹ und ›Dämmerung‹) erweitert in ›Gedichte‹, Frankfurt am Main, S. Fischer 1960. Bei der ›Werkausgabe in zehn Bänden. 1920–1975‹, Band 3 (›Gedichte‹), Frankfurt am Main, Fischer Taschenbuch Verlag 1976, wurde das Gedicht ›Ins Kinder-Tagebuch‹ herausgenommen. In der Edition ›Gedichte‹,

(Frankfurt am Main:) S. Fischer (1977), wurde dieses Gedicht ebenfalls fortgelassen, jedoch 6 weitere Gedichte (›Tage-Lied‹, ›Was spürt grün Blatt vom Gilben‹, ›Sagt mir noch einmal das‹, ›Der Tod des Scharfrichters‹, ›Ein Lied von Kraut und Gras‹ und ›Lied vom Schinderhannes‹) aufgenommen. Bei der vorliegenden Ausgabe wurde auf die Gedichte ›Sagt mir noch einmal das‹ und ›Die Mutter‹ verzichtet; ›Die grünen Feldgendarmen‹ wurde unter dem ursprünglichen Titel ›Wunder‹ und ›Frühe Ahnung‹ unter dem ursprünglichen Titel ›Lied der Seelen‹ in den Abschnitt ›Krieg und Nachkrieg‹ eingeordnet.

Gelinde Mahnung. Als Sammlung von 17 Gedichten erstmals in Carl Zuckmayer ›Gedichte 1918–1948‹, Berlin und Frankfurt am Main, Suhrkamp Verlag vorm. S. Fischer 1948; um 4 Gedichte (›Wintervögel‹, ›Ratschlag für gutes Trinken‹, ›Freundlicher Dichter‹ und ›Der Bassermann‹) erweitert in ›Gedichte‹, Frankfurt am Main, S. Fischer 1960. Bei der ›Werkausgabe in zehn Bänden. 1920–1975‹, Band 3 (›Gedichte‹), Frankfurt am Main, Fischer Taschenbuch Verlag 1976, wurden die Gedichte ›Laetare‹ und ›Petri Kettenfeier‹ herausgenommen und das Gedicht ›Gruß an FU‹ hinzugefügt. In der Edition ›Gedichte‹, (Frankfurt am Main:) S. Fischer (1977), wurden die Gedichte ›Laetare‹ und ›Petri Kettenfeier‹ zusammen mit 4 weiteren Gedichten (›Beim Anblick des Mainzer Doms‹, ›Einst werden sie sagen‹, ›Der infernalische Trunk‹ und ›Ratschlag für gutes Rauchen‹) wieder aufgenommen; das Gedicht ›Kleine Sprüche von der Sprachverbannung‹ wurde in die Sammlung ›Abschied und Wiederkehr‹ gestellt; bei der vorliegenden Ausgabe wurden diese Änderungen übernommen.

Krieg und Nachkrieg. Für die Edition ›Gedichte‹, (Frankfurt am Main:) S. Fischer (1977), wurde dieser Abschnitt mit 10 Gedichten aus dem Nachlaß erstmals zusammengestellt: ›Erst –‹, ›Einmal‹ (Diese beiden Gedichte hatte Carl Zuckmayer 1966 in seiner Autobiographie ›Als wär's ein Stück von mir. Horen der Freundschaft‹ zitiert), ›Der letzte Schultag‹, ›Der Sturm auf Lihous‹, ›1917‹, ›Uns stößt es durch die dunkle Erde hin‹, ›Weltliche Passion‹, ›»Royal«‹, ›Auftakt‹ und ›»Der Berliner Spartakusaufstand siegreich niedergeworfen«‹. Zusammen mit den folgenden Gedichten aus dem Nachlaß, die zusätzlich auch in die vorliegende Ausgabe aufgenommen wurden, wurden sie in den Band ›Einmal, wenn alles vorüber ist. Briefe an Kurt Grell, Gedichte, Dramen, Prosa aus den Jahren 1914–1920‹, (Frankfurt am Main:) S. Fischer (1981), integriert: ›Der Reigen‹, ›Die Tage sind wie kleine Glitzerwellen‹, ›Es klingen viele Gärten von uns auf‹, ›Aus »Liller Expressionen«‹: ›Geburt der Bewegung‹, ›Lied der Seelen‹, ›Wunder‹ und ›Der Sieger. (Visionen in der Schlacht)‹. In der Edition der Gedichte von 1977 trug das Gedicht ›Lied der Seelen‹ den Titel ›Frühe Ahnung‹, das Gedicht ›Wunder‹ den Titel ›Die grünen Feldgendarmen‹; beide Gedichte waren dort in den Abschnitt ›Blätter‹ eingeordnet.

Abschied und Wiederkehr. Als Sammlung von 13 Gedichten erstmals in Carl Zuckmayer ›Gedichte 1918–1948‹, Berlin und Frankfurt am Main, Suhrkamp Verlag vorm. S. Fischer 1948; um 7 Gedichte (›Schilfbucht‹, ›Schweigen der Liebe‹, ›Immer‹, ›Dem Freunde aufs Grab‹, ›Den Sechzigern der Jahrgänge 1895–97 [und mir selbst in der Mitten]‹, ›Erdwende‹ und ›Ein nie vorher gesehener Stern‹) erweitert in ›Gedichte‹, Frankfurt am Main, S. Fischer 1960. Bei der ›Werkausgabe in zehn Bänden. 1920–1975‹, Band 3 (›Gedichte‹), Frankfurt am Main, Fischer Taschenbuch Verlag 1976, wurden die Gedichte ›Ultima Thule‹ gegen ›Phoenix‹ und ›Erdwende‹ gegen ›Nachtgebet‹ ausgetauscht. In der Edition ›Gedichte‹, (Frankfurt am Main:) S. Fischer (1977), wurden die Gedichte ›Ultima Thule‹ und ›Erdwende‹ sowie ein weiteres Gedicht (›Vorblick in ein blutiges Jahr‹) wiederaufgenommen und das Gedicht ›Kleine Sprüche aus der Sprachverbannung‹ aus dem Abschnitt ›Gelinde Mahnung‹ herübergeholt; der erste Teil des Gedichts ›Den Eltern zur Goldenen Hochzeit‹ wurde gestrichen, da er, dem Original entsprechend, nicht unmittelbar dazugehört. Bei der vorliegenden Ausgabe wurden diese Änderungen beibehalten, die Gedichte ›Den Eltern zur Goldenen Hochzeit‹ und ›Saskia‹ aber gestrichen; der Titel des Gedichts ›Einer alten Frau‹ wurde gegen den ursprünglichen Titel ›Das Alter‹ ausgetauscht und der Text nach der Handschrift wiedergegeben.

Brandung der Nacht. Für die Edition ›Gedichte‹, (Frankfurt am Main:) S. Fischer (1977), wurde dieser Abschnitt mit 16 Gedichten erstmals zusammengestellt. In die vorliegende Ausgabe wurden die Gedichte ›Die Findung Mose‹ und ›Das Alter‹ (in der Ausgabe der Gedichte von 1977 textidentisch mit ›Einer alten Frau‹) nicht übernommen. Der Titel des Gedichts ›Für Kasimir Edschmid‹ wurde gegen den ursprünglichen Titel ›Bruder, Deine Hände‹ ausgetauscht und der Text nach der Handschrift wiedergegeben; dieses Gedicht war ebenso wie das in diesen Abschnitt jetzt neu aufgenommene Gedicht ›Kammermusik‹ in den Band ›Einmal, wenn alles vorüber ist. Briefe an Kurt Grell, Gedichte, Dramen, Prosa aus den Jahren 1914–1920‹, (Frankfurt am Main:) S. Fischer (1981), integriert.

Knut Beck

Alphabetisches Verzeichnis der Gedichte